制瓷 笔记

一个瓷人的思索、怀想与生活

涂睿明 著

九州出版社

图书在版编目（CIP）数据

制瓷笔记 / 涂睿明著. --北京：九州出版社，2022.12

ISBN 978-7-5225-1530-4

Ⅰ．①制… Ⅱ．①涂… Ⅲ．①散文集－中国－当代 Ⅳ．①I267

中国版本图书馆CIP数据核字（2022）第227172号

制瓷笔记

作　　者	涂睿明　著
选题策划	于善伟　毛俊宁
责任编辑	毛俊宁
封面设计	吕彦秋
出版发行	九州出版社
地　　址	北京市西城区阜外大街甲35号（100037）
发行电话	（010）68992190/3/5/6
网　　址	www.jiuzhoupress.com
印　　刷	北京盛通印刷股份有限公司
开　　本	880毫米×1230毫米　32开
印　　张	8
字　　数	160千字
版　　次	2024年3月第1版
印　　次	2024年3月第1次印刷
书　　号	ISBN 978-7-5225-1530-4
定　　价	78.00元

★ 版权所有　侵权必究 ★

再版序言

《制瓷笔记》对我来说意义非凡。

2010年，我从南昌海关辞职来景德镇做瓷器，当时就觉得要写一本给陶瓷爱好者的入门书。因为自己的学习过程缺少好的指引，所幸能理论结合实践，少走了很多弯路。于是陆续写下一些文字，业内还算受欢迎。但也不知道会是什么样一本书，何时会出版。更不会想到，后来接二连三出版了五本书。如今，第二本《制瓷笔记》，也是我的第六本书即将出版。顺道《制瓷笔记》再版。

当年《制瓷笔记》出版后意外得到止庵先生推荐，入选当年中国最美书店周评选的二十本好书。这对我是莫大鼓舞。

其实写作对我而言，也是个学习过程。我后来的每本书，虽然始终围绕陶瓷，写法不同，内容各异，有历史，有文化，有美学。每次写完，都会觉得收获颇丰。

这也因为瓷器实在太丰富。说不尽，写不完。

更因为我还在不断地做瓷器。

所以有了《制瓷笔记2》。当然,还会有三有四。这将成为一个系列。

它听上去很像武功秘笈,也的确有人因此而倍感失望,觉得太浅显,没看到"绝世武功"。但其实我是写给普通人看的,尽管对于工艺,我的讲述也远比古人详尽细致。普通人能看到瓷器制作的种种故事,背后的酸甜苦辣。他们或许会因此喜欢上瓷器,懂得瓷器。

我相信这还能给爱好者、研究者和制作者一些启发,就是文化研究和工艺实践要双管齐下:两条腿走路才能更稳,更快。

它甚至会影响或改变你的生活轨迹。某天有读者留言,说正是因为读了我的书来景德镇做瓷器。这让我倍感欣慰与振奋。

这或许是对一位作者最大的奖赏和鼓励。

所以,我还会继续的做瓷器,还会继续写下去。

也希望,你能读下去。

涂睿明

2024年1月4日

目录

人人都是艺术家

大律师的小作品 002

写字的笔是怎么画画的 014

不会编书的出版人不是好画家 020

人人都是艺术家 026

石林兄的「惜物命」 042

当我们谈论手工茶杯时,我们在谈论什么

铃铛花开 048

七碗茶的七茶碗 056

有鸡心的鸡心杯与没有鸡心的鸡心杯 062

居家旅行必备之斗笠杯 072

春风得意马蹄杯 076

盖碗的三段论 082

瓷人故事

拉坯不是人鬼情未了 178

画坯不是画画 186

利坯 190

打杂是个技术活儿 194

复窑是个什么窑 202

观味杯写什么底款 206

湿坯要怎么弄干 212

小范老师 218

老师父的新问题 224

世界那么大，我想去看看 230

胖子的成长记 236

好茶杯的标准 092

好杯子是怎样利成的 102

开窑记

试照子 112

妈妈叫你去吃饭 116

开窑记 122

虚一画瓷 132

群仙拱寿 138

「苏宁」当自强 144

鱼水之欢 152

家旺师父的意见 162

打杂是个技术活儿

吹釉、蘸釉和荡釉 168

人人都是
艺术家

大律师的
小作品

好友张晓霖是京城大律师，既有自己的律师事务所，又在几所著名的高校任教，还要在各种场合演讲、上课。这次到景德镇，是应中企会的邀请，做一场主题演讲，参会的企业家，个个身价不菲。

2010年以前，张律师还不叫张律师，叫张主任，是南昌海关法规室的主任。我们那时是同事。我在人事处，他在法规室。他长我十岁，工作上并没有太多的交集，只是我们都酷爱读书，他从部队转业来海关，在人事处待了些时日，我们就天天聊书。

后来他主管全省海关的法律工作，我们就再也难有机会坐下来聊书，只是偶尔见面，或是会议桌，或是饭桌，点点头，会心一笑，也不问最近在读什么书。

2008年的一天下午，我在公文系统中看到一份文件，是党组会同意他辞职的决定，要我们人事处下文，我大吃一惊，马上跟他通了个电话说晚上详聊。

这时已经没什么不好说的了，一顿苦水就倒了出来。不过，说起来也简单，有领导给他穿小鞋，他气不过，受不了，辞职算了。

我说人生是场修行，那时还没读过佛经，不知道用"烦恼即是菩提"，只是觉得困难恰好可以磨练心性：被气跑算是怎么回事，要辞职也是"我把单位炒了"。聊了很久居然把他说动不辞职了。又担心党组会已经开会决定而且之前领导和他聊过多次，甚至给了他挺长一段时间，这次跟关长提出，关长也反复让他慎

张律师画盘子

笔 记 | 005

重,他铁定决心,领导才同意提交党组会。我说关长大度爱才,一定会高兴你留下。面子是给别人看的,这也是修行。

第二天,他真的就跟关长说不辞了。而事情也像我们预想的一样,他留了下来。

这无疑是给机关庸常的生活投下了一块巨石,各种声音一圈圈漾出去,直到可能的最远处,然后反射、交织,但最终复于平静。

直到两年后投下的两块大石。

那之后,我们自然无话不谈,但更多的,仍是会议桌上、饭桌上,点一点头,会心地一笑。我们仍各自有各自的工作和生活,各自延伸生命的轨迹。

2008年我的网店已开,却没怎么经营。2009年初,自己下了点力气,居然大有起色,高歌猛进。下半年,我便萌发了辞职的念头。跟他一聊,他不免也蠢蠢欲动。那时我每个月至少要去一趟景德镇,有一次,带上他一家人去玩儿。

他儿子那时候上小学,迷三国,《三国演义》早已不在话下,居然自己去找《三国志》来读。到景德镇画瓷,免不了还是画三国,辛辛苦苦画了一下午,刚画好,一激动,把壶捏破了,别提多沮丧,只好重画。当爹的也没闲着,不过画的什么,画在什么上面,早已记不得了。

2009年底,我已经下定决心辞职,具体的时间,一时也难决定,前几天一次采访,问我辞职最大的困难是什么?我说好像你相交多年的女友,就是决定要分手,总还有那么多牵绊挂怀。毕

008　　　　　　｜　　　　　　制　瓷

张律师画盘子

竟彼时，我在海关已经工作了十年。张大哥更是。

说来也有意思，他要辞职，我劝他回来，等他回来了，我又挑动他辞职。不过我的情况比他好些，因为网店的运营已经有了样子，经营的收入远远超过工资。而他，却完全要放弃一切，去北京闯荡天地，而那时，他也已过不惑之年。

2010年"五一"长假后的第二天，处长一早叫我去办公室，交待了八九项工作，我听完才说，我要辞职。惊得他不知道要说什么。毕竟我在人事处工作多年，不折不扣的业务骨干，资深的人事干部，居然毫无征兆，突然要辞职。

递完辞职报告，我去他办公室，一进门，只说了一句：我把辞职报告递了。他一听，坐不住了。当时我们单位集资建房，我是夫妻俩都在海关，只许一套，所以我辞职不会有影响。而他一个人在海关，虽然交了集资款，但房子还没盖好，怕万一领导不高兴不给了损失惨重。听我已经把报告交了，一拍大腿："妈的，不等了！"转身就写辞职报告。当然他是第二回写，熟练。

问我写了什么。写什么？老子不干了。

所以，两年后，我们一起投了两块大石头。我后来还投了一块大石头，那是后话。

这两块大石激起的大浪当然更为复杂、剧烈，其影响，一直延续至今。

辞职之后，他奔赴北京，我去景德镇。各自更少联络，连会议桌上、饭桌上偶一见面点点头会心一笑都没有了。只是偶尔还通一次电话，聊几句近况。更多的，是我劝他要注意身体。他在北京从零开始，孤军奋战，年纪又不轻。

虽然很少联系，但我知道他越来越好，发展速度之快，远远超乎想象。去年初我带家人去北京，我们两家人相聚，饭间，他说他的律师事务所要开张了。从辞职算起，不过三年的时间。

而我们也从之前的小作坊，搬到了现在的工作室，一楼是美术馆，二楼办公，三楼是住所，附楼的两层是新品牌观味杯的生产间。工作室在昌江畔，风景之美，令他直想留下不走。我们在

我写的盘子

烧好的青花瓷盘

各自的道路上前行，各自有了自己的一片天地，两条轨迹偶一相交，便为彼此感到高兴。

临离开景德镇的那天上午，我安排他在公司里画点瓷盘。第二次拿笔画瓷，他兴奋不已，心境虽大不相同，紧张的状态却没有变化。他读书时练过书法，学过点儿画，面对瓷盘，更是一时不知道如何下笔，生怕画得不好。

我一边说放开画，一边拿出此前几位朋友画的瓷盘给他看：都是没拿过笔的，就是玩儿。他深思了一会儿，果然轻松了许多，开始画。

盘中勾了一个圈，算是开光。圈中画个大大的寿桃，大圈、中圈、小圈，形式感很好，效果相当不错。他也更有了信心。刚好少文进来，看了也直说好。让张大哥再画一块：太应景了，今天是我四十岁的生日！

第一块算是草稿，第二块就更熟练了，画好题款，皆大欢喜。

这一来，兴趣更大了：睿明，再来块盘子。

这次画兰，画竹，画块石头，有模有样。

我不知道我们下次会在何时再聚，不知道他何时再来景德镇画瓷，也许很快吧，他儿子总嚷着要来。但快也好，慢也好，我们都有各自的路要走，要走好。

烧好的青花瓷盘

写字的笔是
怎么画画的

毛宁昨天晚上与我一起到景德镇，不过不是曾经走红的歌手，而是凤凰网江西频道和景瓷网的当家人——女强人一枚。

晚上看到国庆期间朋友们的作品，她按捺不住，跃跃欲试，也要画个碗。

调好青花料，碗补好水，摆在画案上，拿起笔，却不知道从何下手。

"我找点参考吧。"她拿起一只喜字纹的观味杯，很喜欢上面的纹样。

"要不给我张纸，我先画画？"

纸和铅笔上手，还是不知道怎么画。做了多年的新闻，可拿过的笔只是用来写字，画画怎么办？

"别管那些了，随便画，怎么画都好看的。"我劝她。

成年人免不了太多的框框和太多的"思考"，放不下，洒脱不起来。

"好吧，豁出去了。"

画个笑脸，画条路，画个什么什么，乱画，不过总还想着要是点什么，或者是不是有个故事。

画完。

好吧。

上午起来阳光大好。到院子里走走，院中栗树结满栗，院外竹林是天然的院墙。风过，落叶纷纷。

"我要接住一片叶子。"

毛宁画瓷

　　却那么难,接不住,再接,像个孩子,一个人,随便什么,就玩儿起来。

　　河边走走打个水漂上楼喝茶。

　　"能不能再给我块盘子,我还想画。"

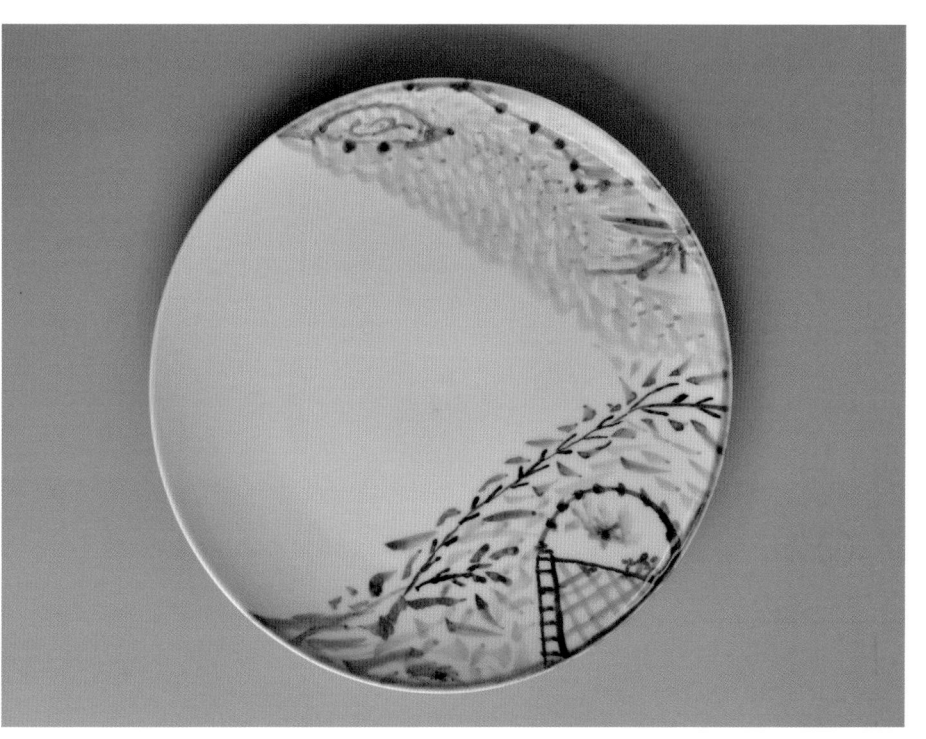

烧好的青花瓷盘

盘子准备好，就在茶桌上画。可以边聊天，边喝茶，边画。

画一条线，一些短线，乱点一些叶子，是院子吧。边上的楼梯走上小阳台。你和你的老婆孩子在阳台上看星星。院子里开始落叶了，很多很多的落叶，很多很多。

我再看不到那个被叫做毛总的女强人，我看到一个小姑娘。

愉快，玩耍。

这，就是画画吧。

后记

此后的一些时日，常有画家朋友来，我总是拿给他们看，都说好，不能相信是从来没有拿过画笔的人画的。

前天第五窑烧窑。少文把她的作品以及张大律师和编辑善伟（本书编辑）的作品一并入窑。

烧了一夜。开窑。

效果真好！

不会编书的出版人
不是好画家

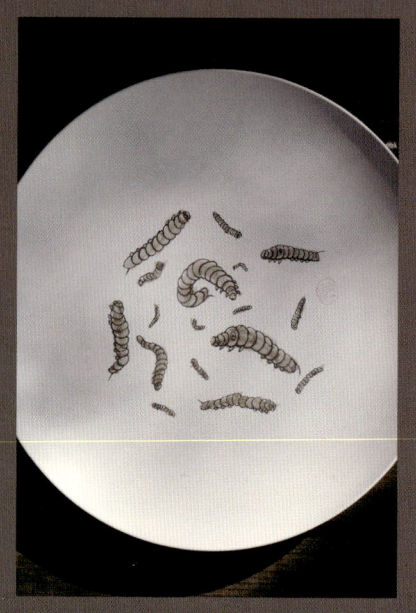

编辑于善伟来景德镇，与我商定《制瓷笔记》的出版事宜。17日晚上一到，也没休息，我们就开始聊书的事。当然除了《制瓷笔记》，我还有很多想法，一股脑儿都倒出来：比如我想写一本《给儿子讲中国陶瓷》，当然是入门书；还有一本叫《官窑瓷器非正常使用手册》，是关于传统陶瓷器物如何进入现代生活，以及器物本身所包含的历史、文化和美；再有一本叫《好杯，观味》，副标题都想好了，叫"当我们谈论一只手工茶杯时，我们在谈论什么"。

他说其实一年前就想找我出这方面的书，无奈当时公司并不看好这一类型，直到最近做了几本关于茶关于香的书，取得了非常不错的成绩，才得到公司的认可，于是可以一展拳脚。而为什么要做这一类的书，他说，爱好。各种流行小鲜肉，看不懂也看不上，就想做点儿传统文化。一如我读瓷、做瓷、赏瓷和讲瓷。人无癖不足与交，大抵如此吧。

翌日看看瓷博会逛逛古窑转转三宝陶艺村，算是迅速扫描了一下景德镇。一个出书人，一个爱书人，一路上仍是不停地在聊书，聊书的设想，聊书的出版，聊书的设计。于我，是书籍出版的内幕大起底，各种八卦小道满足了我对贵圈的好奇。像一个天天吃鸡蛋的人，终于深入了养鸡场。

回来我说你也画画瓷吧，看了这么多。

善伟也没客气，要了张纸要了支铅笔先画画。

他说上次听朱赢椿讲《虫子旁》，对虫子感起了兴趣。早起

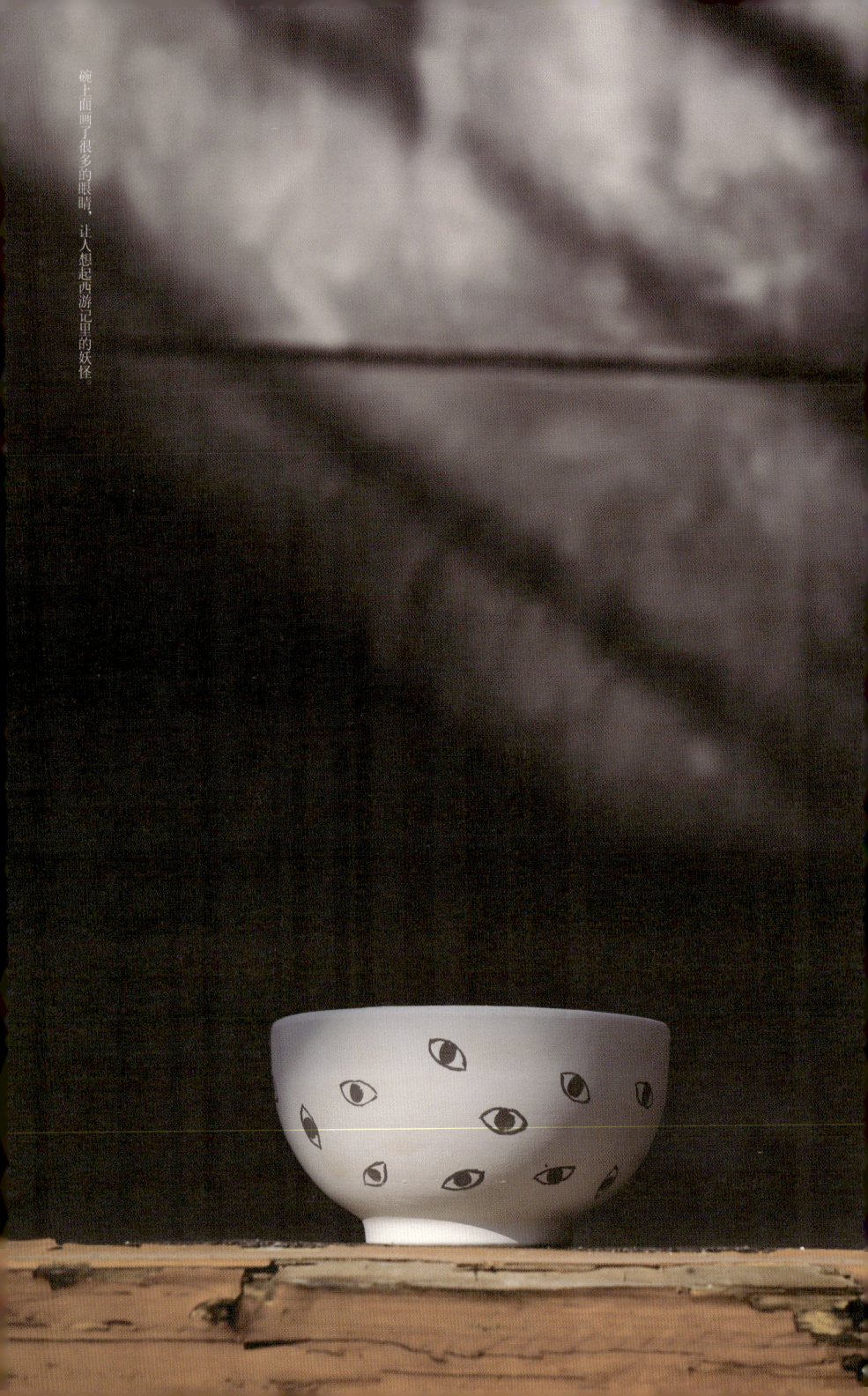

碗上面画了很多的眼睛,让人想起西游记里的妖怪。

到河边转，下去的路边上，看到很多毛毛虫啃叶子，还拍了不少照片。

于是，他就真在盘子上画了一堆虫子，一堆。毛宁（不是歌手，参见《写字的笔是怎么画画的》）刚好回来看见，惊呼不止。

画时完全用线，少文回来看到，说补点料水，在中间染一点，不然怕烧出来效果太干涩。

调上料水，淡淡地一抹。

又画了一只碗，上面画了很多的眼睛，让人想起西游记里的妖怪。为什么画眼睛，我没问，也许，还跟虫子有关吧。

后记

盘子和碗入第五窑，运气不错，烧得很好。

烧好的青花瓷碗

烧好的青花瓷盘

人人都是
艺术家

长假七天,是要把两个双休日算上,不过匠人们一般一周都工作六天,算起来,长假就只有五天,而生产的安排上除非是特殊的天气原因,也不会休息这么长的时间。而且多数匠人都是计件工资,干多干少跟假日没什么关系。真想休假,随时都可以,完全不用在国庆期间出去添堵。

我们没有出门早早开始工作,来的朋友却不少。有美国众达律师事务所的陈大律师,有留法的当代艺术家骆莉美女,有深圳报业集团的一批资深的媒体人,还有原凤凰卫视的编导飙哥。多数都是一家人出行,带着孩子。骆莉没带孩子,带着男朋友和狗,以显示艺术家的风范。当然,她口口声声说带着儿子。

大家都愉快地玩耍。有竹林,有河,河里有石头,石头堆里有老瓷片。孩子们探险,寻宝,居然在河里找到了完整的碗底!兴冲冲地跑来找我"鉴宝",封我为专家。

除了寻宝,更欢快的还有创造。玩泥,拉坯,画瓷。拉坯这件事,对孩子可不容易,即便拉出个大体的样子,也基本上不能烧,做瓷可不比玩儿陶艺,随便什么样子,都能烧一下。不过我提前准备了些素坯,可以在上面画青花,画得再不好,都还是能烧成瓷的。

却没想到,这帮熊孩子玩儿得那么疯,一拿起笔来画画就都安静下来,而且有板有眼,画得相当不赖。

不过最让人惊讶的是飙哥,原以为只是照片拍得好,没想到画得也很不赖,第一天来时小试牛刀。临要走了,又答应同行的孩子朵朵画个杯子。一丛花，朵朵。不过杆画得像白菜，别有一番风味，而且对比强烈，装饰的效果更好。

其实画画这件事，像所有好玩儿的事，爱好就好，专业了就往往无趣。骆莉的男朋友老孙就很喜欢画画，但不是从小，所以也常常要骆莉教他，但骆莉就不教，因为教了反倒就不好了。再说，你真的要专业了，那不得抢了留法画家的饭碗，像猫和老虎。不过老孙不画老虎，但画鸡。他们带的大狗平日里狗星人萌得一塌糊涂，到了我们后院发现竹林里的鸡凶相毕露猛冲过去咬死一只，所以要画一只赔我。

再说飙哥给朵朵画花朵，画着画着居然来劲了，忽然发现这么弄效果挺好，于是找了个理由说还没给自己儿子布丁画，就再拿了个杯子画了起来，朵朵的那个算是草稿了。

当然这一画更吸引了我的目光。我突然有了个主意。就用这个画面做一个限量款的观味杯。观味杯会与很多艺术家及设计师合作，倒是没特别想过与"素人"合作，其实，这样也许更精彩。把好玩儿的事做得更好玩儿，正如博伊斯说的："人人都是艺术家。"

开窑后

第四窑开了窑，烧得不错，虽然七个新款的观味杯让人欣喜，但也没有特别的兴奋。毕竟是日复一日摸爬滚打，不会时时都是高潮。

不过上午拍了几张朋友们画的瓷器，图片一发，一些人就坐不住了！

毕竟是第一次，像人生中的许多第一次一样，那么兴奋，令人难忘。

飙哥的成果最多。山水、花鸟、盘子、杯子，简直可以做一个小型的展览，所以数他最兴奋。

难说有什么专业的训练，却都有精彩的表现。绘画也许深植于每个人的内心，遇到合适的土壤，便可以生根发芽。

当然，青花自身的魅力更是功不可没，这种蓝与白的搭配，似乎不管你怎样表达，都能有不错的效果，看看孩子们与大人们的作品，让人欣喜，令人振奋。

退一万步说，就算画得实在没法儿看，只要没烧坏，还是能用啊。

陶瓷艺术一直难以与绘画雕塑之类的纯艺术比肩，重要的一个原因恰恰是它有用，有用就不"纯"。不过未来，也许正是陶瓷之用，会是陶瓷艺术成为"第九艺术"最重要的一个因素吧。

附：杨青《景德镇长物居玩瓷记》

国庆长假本打算入川，布丁一直想去看三星堆，还有金沙遗址博物馆，印象非常好的都江堰、青城山、武侯祠、杜甫草堂，还没去过的乐山大佛和峨眉山，再加上一直想去的九寨沟和黄龙，攻略越做越兴奋。

没想到闺蜜团一碰头，直接被拍死。去过成都的人太多，又说国庆去九寨沟会被挤死。至于北上访孔子故里趁便东临泰山，更被视为赴死之途。或者拔腿去趟韩国？儿子拒绝。东南亚这个季节有点热。大家建议一线热门景点看都别看，最好到二三线城市，人少风景好节奏慢的，早就垂涎的景德镇就这样浮出水面。

布谷爹的大学同学在景德镇开了一家制瓷坊，一直惦记着带孩子们去玩瓷。没想到制瓷坊还可以连住带吃。消息是好消息，但出发前各种不妥帖，我们可不是一家人，而是一群四家人，有四个熊孩子，这个蹭法实在于心不安，一再核实，我们可以住酒店，不要住家里，只去玩瓷即可，那边传来的消息还是可以。于是心一横、脸皮一厚，集体跟着去蹭。

直飞景德镇，下了飞机，爹们先去取提前租定的两辆车，装备妥当，跟着导航，一扭脸儿就上了高速，十二公里的路走成四十八公里，妥妥地错了，只好在下一个路口调头回来。主人明智，及时派了二当家在高速出口等着，原来要走的是旁边一个不起眼的小路。以后的这几天出出进进，一走再走，不会再错过。但几乎每次出门都要在某个岔路走错调头，不服不行。

到了长物居已经深夜，赫然发现是一栋三层别墅，二楼有工作室、厨房、茶室还有库房，三楼是客房，我们就在这里安顿。

景德镇长物居一角

第二天才知道一楼是个博物馆。

　　当晚二当家的安排晚饭后，移师茶室，他拿出不同年代的仿制瓷器让我们排顺序，讲特色，开始上课，一边喝茶一边听讲，谁承想这成了以后几晚我们在景德镇的常规模式，只不过主讲人换成了长物居的大当家涂睿明。

　　第二天一大早，人还在床上，就看到谷爹拍的门前小溪和工作室户外的杯胎。

　　想起前一天晚上约好的九点的玩瓷课，赶紧起床吃饭。

　　另外有家人的小朋友已经在二当家的指导下，在盘子上用铅笔画出一只完整的蜻蜓了。

　　四个熊孩子先冲到门前的小河里玩了会儿水，然后一人一盘开画。

　　松子是动笔最早的，面对眼前的一片竹林直接写生，四个孩子里，她和布丁都上美术课外班，她一出手，二当家的就表扬说画得比他还好。谷爷也不示弱，让他爹从手机里调出一只蝴蝶，直接开画，一边画，一边眼观四路耳听八方，接茬儿点评，啥都不误，一心显然可以二用。最小的朵朵最爱是猫，画得活灵活现，画完还在小朋友的建议下，又给小猫添了一个大毛线球当玩具，画完盘子又画了个杯子，杯子上的猫我觉得更生动。

　　布丁同学要画时，正常大小的盘子没有了，他又不愿意画碗画杯，直接拿了最大的一个盘子开画。他看松子画竹，他也想画，但他又不愿意用铅笔打草稿，他觉得竹子就得用毛笔画。他小时候上过一个暑假水墨班，以后他爹教他画过一两次竹，再没有实践。所以进入状态有点难，各种不妥帖，好在有他爹在一旁帮着构思出主意现场教练，最后还小修小补，总算完成。

其实我很羡慕这拨小朋友，不管是学过画的还是没有学过的，画画对他们好像是与生俱来的本领，个个可以轻易出手。不像我们这些家长，码字还将就，画画就犯了愁，少了一个自我表达的出口。

深圳的朋友子墨妈妈一行是自驾来景德镇的，第二天也会合一起玩瓷，子墨妈妈显然技高一筹，动手画了一个杯子，不过高手是子墨姥姥，她在老年大学学画画，画得兰花优雅淡然，正合了女儿的名字，让人看着眼馋，学艺什么时候开始都不晚啊！

拉坯是新鲜事儿，反正布丁是第一次，不过成绩不坏，做了一个杯子出来，孩子们个个有所成。涂老板当时不在场，后来总结说，第一次能拉成型已经非常不错了。

话说老熊同学在太原和朋友掺和着开书店时，曾画了一幅画裱了挂在书店，有点补白的意思，当时书店的印章也是他刻的。有一日回家他兴奋地说，今天有人在书店想花一百五十块买他画的那幅画，这样的画他一天可以画十张，差不多可以养活我了。话说我们俩的愿望都是被对方包养，可以不用上班，问题是谁会一天买你十张画呢？所以，到现在我还在上班。

老熊可能是给他儿子做辅导小修小补得来了劲，干脆拿杯子自己画起来，我要求送我一个，谷娘要求也送她一个，接下来是

松子画竹

谷爷画蝴蝶

朵朵画猫

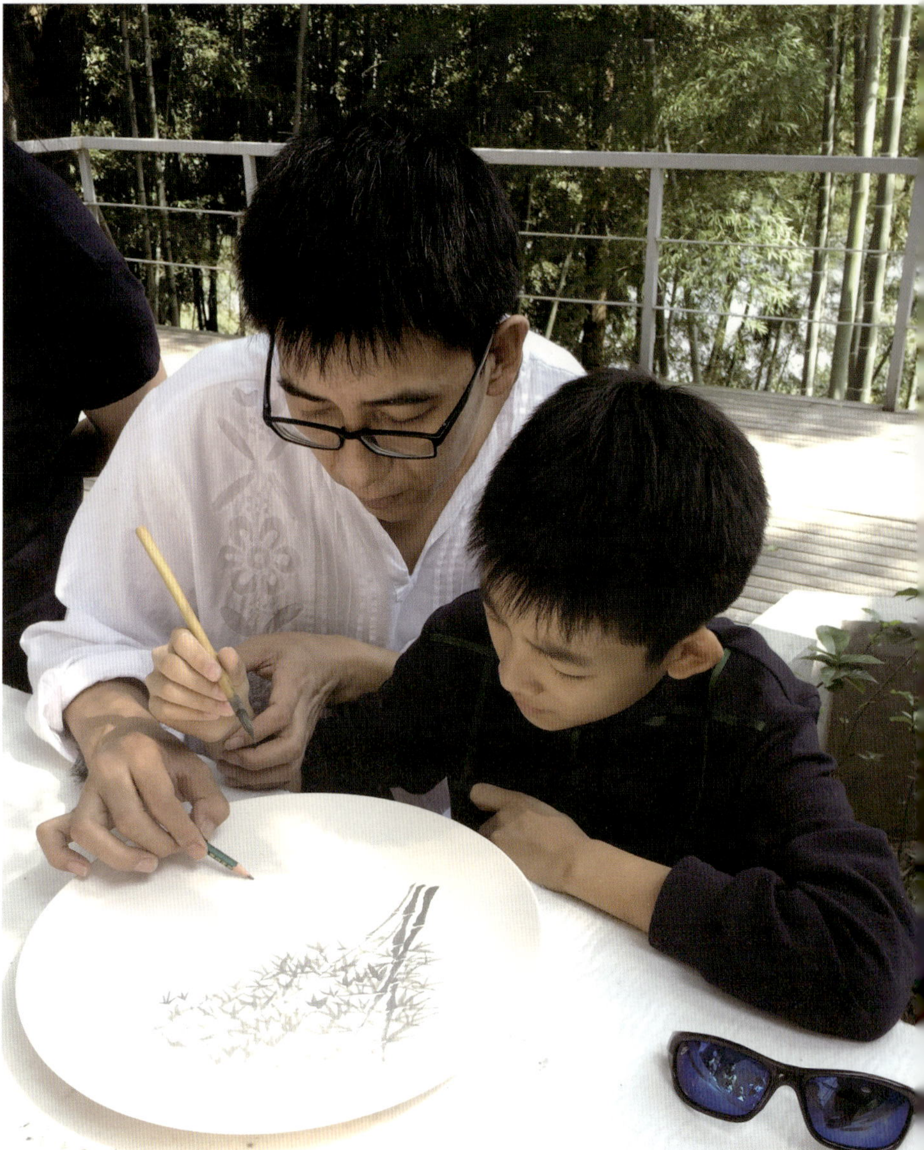

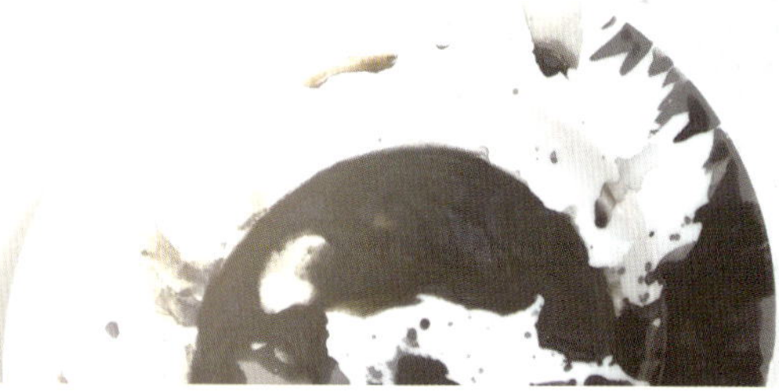

布丁画竹

松子娘,然后是朵朵,最后是布丁。老熊一而再,再而三,有点欲罢不能。

前两个杯子是第二天画的,第三个是一大早起来吃完饭后他一人默默地画的,就是很多人喜欢的那个写意山水杯。要出发的大队人马只好先去小河里,边玩边等。

给朵朵的杯子是离开前一晚,我们聊天喝茶时老熊在一旁开工,画完朵朵的,感觉手感来了,知道怎么用笔了,又给儿子画了一个。

老熊本来就是画着玩的,没想到长物居的大当家涂睿明脑洞大开,说可以与没有艺术经历的"素人"合作,做一款限量版的"观味"，用老熊同学的设计当底稿。但作为和国博、苏博合作，在业内名气响当当的长物居来说，肯做这样的尝试，已经让人很惊喜了。

我一直以为老熊同学最合适的工作就是喝茶、读书、写字、画画、吟诗。可惜生不逢时，自己不是富二代也没娶上富婆。当时看他画杯子的投入劲儿就想，我要是买彩票中了大奖，就可以养他，他就再也不用打卡上班赚钱了。

话说"观味"是长物居将要推出的一款茶杯的品牌，涂当家立志要做最好的茶杯。

第二晚在长物居的茶桌上邂逅了成都来的旅法艺术家骆莉和她的男友，两人带了一支红酒，我们继续厚着脸皮蹭酒、聊天。涂睿明说这还是在他的茶桌上首次喝酒，也算创了纪录。

出发前闺蜜劝我放弃成都一起去景德镇的一条理由就是可以顺便买买瓷器，当时我刚搬完家，正断舍离，不以为然，没想到此行很快乐的事之一还是买买买。

第一站在浮梁五品县衙附近的一家颇有设计感的店里开买，其实我在衙门里的一家瓷器店先买了两个小项琏；接着又跟子墨妈妈找到一家批发店继续买，最后是在长物居。涂掌柜的听说我们还没有进过他的库房时显然有点吃惊，然后就是开仓挑货，直到深夜。

没去景得镇前看谷爹转发的长物居的微信号，觉得东西是好，但有点小贵。去了后听涂掌柜讲他的制瓷过程、他的理念，

子墨妈妈画杯子

子墨姥姥画杯子

他制作茶杯的专一和用心，尤其是喝茶时手握观味杯的舒适，赶紧又进仓库补货。松子听了压手杯的典故和来历后，喜欢得不行，也果断去补。临走的那天早上，一行人不死心最后进仓库巡视，看看有什么遗憾没有，急得某老公要求：快点把库房门关上吧！

这批当时买到要剁手的人，回来后取出第一批寄出的东西，验货后一致认为还是买少了。

很多人看了图片对长物居长草，问是否对外，我跟掌柜打听了一下，房屋数量有限，目前正在整理中，下一步会对外，届时会发布信息通知大家。至于看了"长物居"货品长草的同学，少安勿躁，淘宝有店，搜"长物居"可以找到，他们不光卖东西，还讲制瓷的过程设计和原理，我感觉每一款出品都有来历有故事有情怀。

我们7号晚上6点10分的飞机，返程选择航班数量较多的南昌，在南昌住的是当地最好的酒店，五星，但门前没有小河。逛绳金塔时，人多嘈杂，一拨熊孩子直接发飙，居然要求回到景德镇，看来孩子们对居住的好坏心明眼亮，并没有被物质迷惑，对那个窗前有竹、门前有清亮小河、还可以拣到碗底和瓷片的长物居，刚刚离开就开始怀念了。

景德镇长物居

石林兄的
《惜物命》

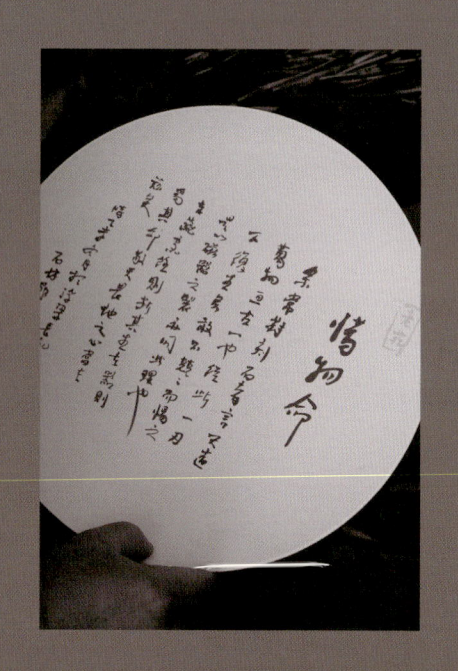

深圳石林兄到景德镇参加全国文联会议，会程结束又要赶往北京，下午刚好有半天空闲，友人带其在景德镇各处看看，匆匆忙忙。至长物居，本来也是蜻蜓点水，却未想行程有变，便安顿下来。平安夜不必在飞机上冒不平安的风险。看来，真是上帝的安排。

安心坐下来喝茶品瓷论道，一聊便忘了时间。友人提醒，动笔感受感受青花瓷的魅力吧。少文便去准备画盘，石林兄直说不敢不敢。其实心里也痒痒，毕竟自己亲手做一件青花瓷，是多大的诱惑。对大人，对孩子，诱惑都一样，不过成熟便难免心有挂碍。

盘子补好水，石林兄不再推辞，刷刷点点，一挥而就。画竹，也不像竹，只是好玩儿。题字倒见功夫，有于右任的影子。便说再专门写一块。

落笔"惜物命"。字不大。原以为如三字经，再续上几句。未想却是个标题，接着倒是篇短文：

余尝对刻石者言：天造万物，亘古一也，经此一刃，不复生矣，敢不兢兢而惕之？是磁器之制，亦同此理也。在蔬烹饪则断其生，在器则易其命。敬天畏地之心，当在兹矣。时乙未冬月于浮梁长物居。石林题记。

文字不多，应景对题，作家本色，如是精彩。

上釉之前，还要仔细地检查一遍。

笔 记

石林兄画的青花瓷盘

少文说用红料画个章吧,完整。

起首,画框,写老庄二字。心中暗想,印文略俗。不想石林兄搁笔又说,老庄是老家村庄的名字,一下子又有趣起来。

接着喝茶品瓷论道。天色渐暗。正欲出门吃饭,石林兄在手机上写字,看来有事,便再等等。少顷。递手机与我。"改了改《惜物命》,更如古文。"

文曰:

长物居主人邀画磁,余不擅此,遂题曰:夫天生万物,只此一生,在石则一刃,断其形;在蔬则一烹,断其生,在磁则器成而命绝。是以敬天畏地之心在焉。惜物之命,能不慎之谨之乎?

如此。再写一块吧。

那就再写一块!

当我们谈论手工茶杯时我们在谈论什么

铃铛花开
我们怎么这么热爱铃铛杯

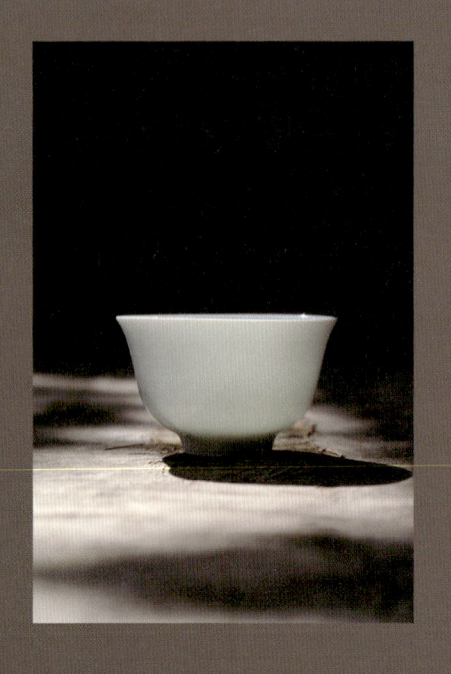

历史上最著名的杯子当然是成化的斗彩鸡缸杯和永乐的青花压手杯，不过这两款杯子起初都不是茶杯。茶杯中最著名的其实是斗笠杯，有宋一代已是声名大噪，不过在现代茶道的使用中，斗笠杯的缺点也比较明显，就是口面太宽，不易聚香。当然因为器形实在太好看，仍是大受欢迎。

而经典的器形中，铃铛杯实在是又好看又好用的典范。铃铛杯只是听名字，都可以想象它的形状，就像一个倒置的铃铛。当然铃铛只是迷你的大钟，所以也有叫仰钟杯。不过钟给人过于沉重的感觉，不如铃铛来得轻灵。

铃铛杯的外壁呈S形，展现出优美的曲线，身材高挑，优雅迷人。口沿虽然外展，却不过分，杯身仍然易于聚香。品茗之时，不论拿捏、品饮，无不恰到好处。

不过一款杯形成为定式，大受欢迎，必然成为一个范式，在其基础上，产生万千的变化，最为著名的就是高铃铛，把杯身大大地拉长，变得更为优雅，如细腰美人，迷倒众生。

其他的，也无非是在这个杯形上，增一分，减一分，虽然古人有美人增一分则多、减一分则少的说法，那不过是理想的表达。美没有终极的标准。如果一旦真有终极的美，只剩了唯一，世界还有什么意义？

所以，做上几款不同的铃铛杯，高矮胖瘦，各有各的韵味。

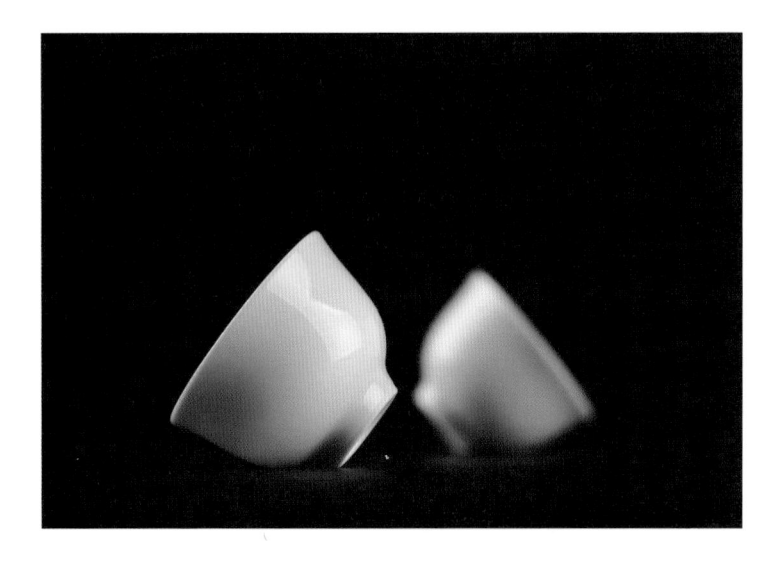

铃铛杯的形状就像一个倒置的铃铛。

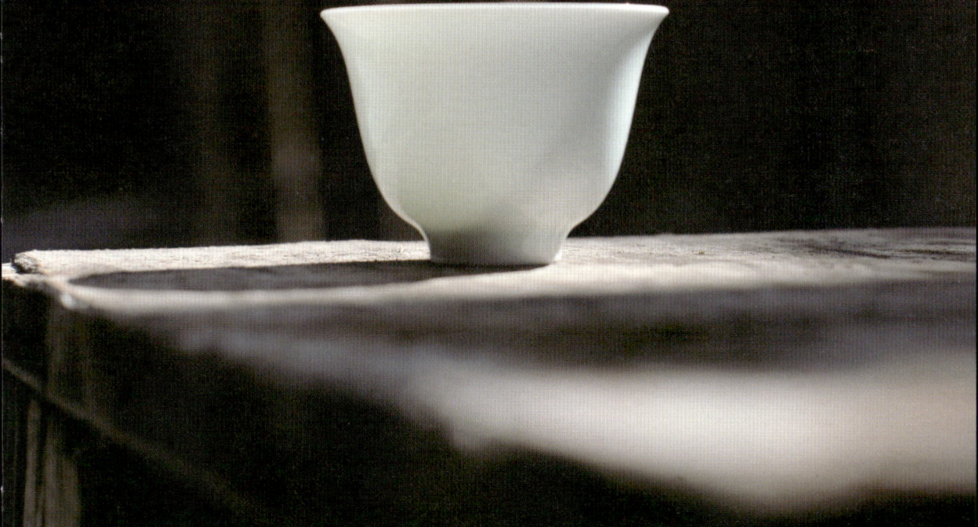

标准形

　　像紫砂中的水平壶或倒把西施，标准的铃铛杯实在是经典。像所有传统的经典，即使是初学的匠人完成的制作，看上去也都不错。不过细究起来，又不那么容易。

　　铃铛杯外壁的S形，柔美中要有挺拔，过则扭捏作态，平则僵硬死板。线条的把握要准，还需要有结构上的支撑，整个杯壁的厚度不是完全的一致，一些部位要厚，增加支撑力，一些部位要薄，减少压力，控制得不好，看上去形很美，烧出来，就垮了，失了精神，甚至会严重的变形。这不但需要经验，对技术本身也是个不小的考验，毕竟，杯壁本就很薄。

高铃铛

　　高铃铛就是把铃铛杯拔高。很有点现今时装模特的意思，画里面，叫八个头，或九个头，就是模特的身高是头高的八倍或九倍，修长挺拔，是好身材的象征。

　　历史上，高铃铛杯在官窑中反复出现，夸张的时候，可以有两个标准铃铛杯的高度。

　　自然，太高了气质上就容易走样，控制得不好就成了麻秆、面条，烧成上也大大增加了难度。因为一拉长，重心就更容易偏，增加了变形的风险。

矮铃铛

某天晚上喝茶时,刚好一位朋友问我:历史上那么多经典的杯形,是不是古人把杯形都做完了?我拿了一款斗笠杯出来给大家看。我说其实不用看,大家脑子里都有斗笠杯大概的样子,因为太经典了。但实际上,斗笠杯并不是固定的样子,比如杯壁立一点,或者平一点,杯形的感觉其实就有很大的差别,也有把壁做一点弧度的,变化就更大。而且就算是同样的角度,足还有变化,有圈足,还有卧足。所以,实际上,就是一款斗笠杯,都可以有无数的变化。更不要说杯形的种类。

这一款,大的形质上与铃铛杯相似,下面圈足,下部是弧形,延伸到上部微微向外一撇。走势上与铃铛杯相同,但气质上就很不一样,虽然只是一些细节上的变化。首先是比铃铛杯矮一些,就不显得那么高挑挺拔;其次是下腹部要稍稍圆一点,继续削弱了秀美的感觉;最后是口沿只是微微外撇,且略厚一点,边沿不那么薄,不那么锐利。所以整个杯形的气质明显要拙,不表现得那么灵巧,而是一种内秀和含蓄。

这样的杯形,历史上也没有特定的名称,一时也不知道叫什么,虽然看上去,已经不那么像铃铛了,但放在一起,也算同一家族了,就先叫矮铃铛杯吧。

胖铃铛

这款铃铛杯比标准款矮胖一些,先叫它胖铃铛吧,听着肉头。虽然仿佛是人都要减肥,但胖总还含着可爱的意思。矮似乎就只是矮了。

一胖就没有了高挑挺拔,很容易就显得肥,一肥就没了精神,更不显得可爱了。所以这款杯形要能体现得宽博,还要有一点俏皮可爱的劲儿。口沿的外撇要略收,腹部要略沉,兜得住。

铃铛花开

胖铃铛利完,又利一款新的铃铛杯,我们是该多爱铃铛杯啊。

这款铃铛杯差不多就是把普通的铃铛杯口面放大,因为杯壁的倾斜度增加,杯壁与口沿的过渡就要调整,衔接得就更舒缓。而圈足也要微微呈倒梯形,杯的下腹部收尖一点,与足相呼应。

这只是技术上的细节变化,而整体的气质却大大的不同。从中规中矩的铃铛,忽然就绽放成一朵花。有人说,这是铃铛与斗笠的合体吧,有几分道理。

一枚小杯的万千变化,就是这样发生的吧。

铃铛杯口沿虽然外展，
却不过分，
杯身仍然易于聚香。

七碗茶的
七茶碗

在唐代诗人的排行榜中，卢仝完全无法出现在榜单的前列，不过他的《七碗茶诗》却真真是茶诗中的千古绝唱。它其实是《走笔谢孟谏议寄新茶》的一部分。不过因为太过著名，其他的部分就往往被人们直接忽略了。

七碗茶是写一碗一碗喝茶的感觉，每一碗喝下去，境界与体验就完全不同。不过这里的碗可不是饭碗，而是茶碗，唐代还没有茶杯的称谓，喝茶的都叫茶碗或茶盏，盏一般都有托，而茶碗就没有。虽然茶碗比我们现在一般用的茶杯大，但也不是"三碗不过岗"的大碗。

说起喝酒，从一碗到七碗，感觉的变化比较简单，无非是从不醉到微醉再到大醉，武松酒量再大，不过岗的三碗放不倒他，但十三碗乃至三十碗，最后的结果仍是大醉。而喝茶的变化就丰富得多。

诗中写道：

一碗喉吻润，二碗破孤闷。
三碗搜枯肠，惟有文字五千卷。
四碗发轻汗，平生不平事，尽向毛孔散。
五碗肌骨清，六碗通仙灵。
七碗吃不得也，唯觉两腋习习清风生。

不但是身体上的感觉变化，更是精神上的变化，及至通仙甚

制瓷

祭蓝茶杯

笔 记

色调沉着凝重,又含几分明艳。

而成仙。这在外人看来完全是包治百病大力丸,但于茶人,却成为茶中盛典。

不过明代以后喝茶的方式大大改变,茶器的名称也多有变化,少称茶碗。七碗茶歌并没有什么实际的影响,倒是传到日本,完全影响了日本的茶道。于是在日本的茶器中,就经常能看到一套七个的杯子,对应着七碗茶。而国内,似乎就未见过这样的茶器。

这次,我们倒是想做一组这样的杯子。杯形不能太小,不然就真变成"七杯茶"甚至"七盅茶"。还要能贴近唐时的风格。商量下来,决定以永乐鸡心碗的器形为基础。虽然永乐青花鸡心碗非常著名，但其形仍是延续唐宋以来的传统，只是装饰上因青花而震烁古今。

利坯的时候，在鸡心碗的基础上，尽量"拙"一点，"钝"一点。不能太薄，要有厚重感。装饰上，不想做成白瓷，白瓷要体现厚重就很有难度。所以我们商量后决定用祭蓝。

祭蓝古时与祭红并称，是极为名贵的品种。

1978年，有一件元代祭蓝釉梅瓶横空出世，就令世人震惊。当时就有日本藏家出了三亿美元的价格，而法国人竟然开出了四十亿元的天价。要知道，中国拍卖市场上第一件过亿元的瓷器在2000年以后才出现！和这件梅瓶比起来，元青花"鬼谷子下山"以及成化斗彩鸡缸杯真是小巫见大巫了！这从一个侧面能够看出祭蓝在世界陶瓷史上的地位。

之所以祭蓝如此名贵，有一个重要的原因是：它与青花瓷是同门师兄弟。古人说青出于蓝，实际上，祭蓝与青花是同样的呈色原料，同样的烧成工艺，我们甚至可以认为祭蓝就是青花的另一种表现形式，只是这种表现形式难度更高，数量也更为稀少！

相比青花所用的透明釉，祭蓝釉要更厚，更增加了茶碗的分量。

烧成之后，一如所愿，色调沉着凝重，又含几分明艳，精气内含。

字就只能用金了，自己写，七碗茶，一句一碗，七茶碗。

有鸡心的鸡心杯与
没有鸡心的鸡心杯

有鸡心的鸡心杯

中国古代陶瓷中最著名、影响最为广泛的无疑是青花瓷，而青花瓷最辉煌的一页则出现在永乐和宣德时期，因为风格极为相近，历史上被并称为永宣青花。永宣青花中最为著名的一件器物，是永乐时期的一只杯子，叫压手杯，是永乐时期青花书写年款的唯一一件作品，后世皇家用瓷在底上书写某某年制的规范也由此开始。但同一时期还有一款杯子，虽然名气不如压手杯，但其历史远比压手杯丰厚，实际的影响也更为深远。那就是永乐青花鸡心杯。

说是鸡心杯，现在的资料上却多有把它写作碗，因为的确有大号的鸡心碗。杯也好，碗也罢，不过是大小上的差别。器形上，却是一致的。这个器形并非出自明代，至少在宋代已经非常流行，特别是宋代斗茶之风大盛，茶碗或茶盏之中，就常常可以见到相似的器形。而且自宋至明，很多地域的窑口也多有烧造。

作为杯盏，这个器形一直延续发展，历代都有烧造，不过作为碗，后来就不太容易见到，因为相对而言，它的碗底较小，可能后来人们觉得碗底小不稳，于是碗底就渐渐变大，我们现在常用的碗形，就是宣德之后正德时期的一个碗形，就以年号为名叫正德碗，不过现在很少有人知道了。

只是这样的器形与鸡心似乎没什么关系，为什么会叫鸡心碗或鸡心杯？

鸡心杯坯

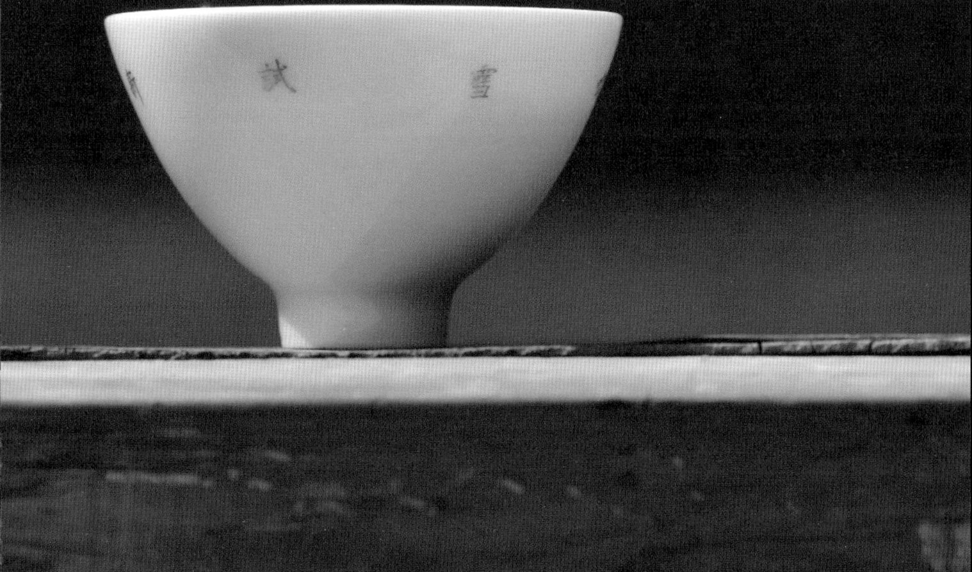
試
雪

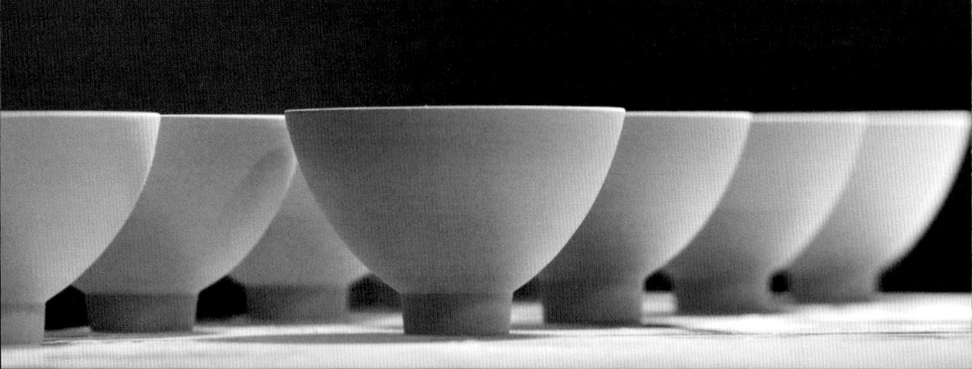

答案其实是在底部。

鸡心杯的底部与绝大多数瓷器的底部都不相同，不是平的，而是有一个鸡心状的小突起，鸡心杯的名称也由此而来。但这个"鸡心"既没有什么实际的用途，还增加了工艺的复杂性，而且放在那里还根本看不见！为何如此，令人费解。一种说法是与整体的器形相呼应，也站不住脚。斗笠杯更要呼应，为何也不见底部有个尖？

我们当然不需做考据之学，让人们能够更好地了解欣赏甚至使用，难道不是更重要更有意义吗？

这个杯形足小，外壁一道优美的弧线向外展开，却不外撇，呈环抱之势，气息宽博而内敛。而足小如顶大石，是聚力的较量。

要做好这个杯形，最重要的就是外壁的这道弧线，不能太直，直了就变成了斗笠杯，又不能太弯，太弯就臃肿，力就泻了。不过利坯的时候却要往直了利，因为烧时的收缩会使外壁下沉，精准的预判对于做好这样的杯形尤为重要。

当然，圈足不能太矮，足一矮，很有点像被压扁了。

还有一点不能忘记的，就是挖底足时，要留个尖：鸡心。

没有鸡心的鸡心杯

除了前面一款有鸡心的鸡心杯，另一款没有鸡心的鸡心杯也

因为底部有个鸡心状的小突起,所以叫了鸡心杯。

虽然底上没有鸡心状的小突起,但器形本身像个鸡心。

非常经典,自然在我们的生产计划之列。

这款鸡心杯虽然底部没有那个尖尖的突起,但它的形本身就像一枚鸡心。

这个杯形在清代开始流行,和罗汉杯一样,是卧足的杯形,所谓卧足,即是从外面看不到圈足,放在那里,似乎是没有足的,足凹入杯底,暗藏起来。这种卧足,其实给杯子的变化,又延伸了一片空间。因为早期的工艺,在这样的小器物上要完成卧足,极为困难,似乎真正卧足杯形的出现,要到明代,最为著名的就是成化斗彩鸡缸杯,是典型的卧足杯形。而鸡缸杯之外,卧足的杯形在有明一代,极少见。

因为足本身起到了"把子"的作用,在施釉之类的工序中,是个很便利的抓手,一旦去掉这个抓手,工序的复杂和精细程度又要大大增加。表面上只是一个小的改变,却要整体的工艺水平的进步才有可能比较容易地完成。我们总是看到一代一代陶瓷工艺的伟大进步,以为中国陶瓷像个巨人大踏步往前,其实所谓的进步,都不过是在这样点滴的经验中汇聚。数十年、上百年间,才形成一个飞跃。

和有足的鸡心杯相比,似乎只是去掉了个足,但气质上却有极大的变化。因为没有足,向上的支撑看不到了,而力量就倾注在桌上。所以卧足的鸡心杯虽然一幅精巧可爱的模样,骨子里却要有一股子钉在桌子上的力道。

利坯的时候,美编超妮照例拍些照片和视频,这个杯形以前经常做，特别是我们著名的胭脂水鸡心杯，就是在这款的白胎上施胭脂水釉。所以超妮也非常熟悉，不过利好样的时候，她不禁"咦"了一声——是不是太尖了？

以前做的鸡心杯虽然是收的，但，是一道优雅的弧线，而利好的这个杯子，几乎成了倒三角的直线了。

少文说，你看得没错，这正是鸡心杯的难处。第一，坯成瓷时会收缩，同时这款杯形还会有个明显的下沉，这一沉，弧线就出来了；第二，下沉的时候，杯口就特别容易变形。对于做杯子而言，这是极大的挑战。你既要能预判下沉的状态以保证最终杯形的气质，同时又要克服杯体的变形。

那要怎么控制？

经验啊！其实都是一些小细节，只不过，这些小细节不知道要靠烧坏多少瓷器才能换来。

没有鸡心的鸡心杯

居家旅行
必备之斗笠杯

说到杯子，在鸡缸杯以两亿八千万成交之后，这个关键词基本上就被它占据了。同样著名的还有永乐青花压手杯。当然康熙的十二花神杯也是名器。这些杯子各具特点各领风骚，但有一点是共同的，就是皇家的专属，并且数量极少。

斗笠杯

真正历时最久、影响最为深远、使用最为广泛的却是这一款：斗笠杯。宋代斗茶大兴，所用杯盏最为常见的便是斗笠或与斗笠相近的器形。甚至连碗也多为斗笠的形状。后世广为流传，无论王谢堂百姓家。

斗笠杯之名完全因为其像古代头戴的斗笠，只是没有了尖。不过它也不是一个固定的形制，数百年的发展形成了一个不小的体系。

从使用上说，斗笠杯不是一款完美的杯形，它杯壁直而舒展，如果茶倒得快了，茶汤就容易舒展出去。而它的足又小，比起大足的杯形，让人看上去会觉得"是不是会有点不够稳啊"的怀疑。对于饮茶而言，因为口面直挺挺地敞着，难以聚香，热又易散，喝起来，水也下得太快，直进直出，没有丝毫的含蓄。尽管如此，历朝历代，人们仍是抵挡不了经典之美的诱惑。

总的来说，这个杯形就是杯壁以一个斜角，直直地伸展出去。不过伸展的角度，没有什么明确的规定，随着色度的变化，形制上也展现出不同的风格和趣味。最常见的大概四十度角的样子。为何不是四十五度或是三十五度，恐怕也没有什么精确的算计，只不过是市场的博弈导致的结果吧。

当然其实也有六十度角的，显得挺拔；也有放得更低的，显得更为舒展。甚至还有把杯壁做成弧形的，又多了一分宽博和柔软。

我们打算做上四款，涵盖斗笠杯中重要的变化，配成一组，叫斗笠四韵，或斗笠的四重奏。或者，就叫斗笠的四种变化。其实，一款小小的斗笠杯，变化又何止四种？

这个杯形就是杯壁以一个斜角，直直地伸展出去。

春风得意
马蹄杯

2014年是马年,我们自然想到马蹄杯。

为什么叫马蹄杯?因为形状像马蹄。不过是把马蹄倒过来放。

这个器形不知道什么时候诞生,但真正的流行是到了清代,不但数量多了起来,在基本形之外,又产生了许多的变化。这当然是古代手工艺的重要特征:一个样式成为经典,围绕它会有一点一点的改变,若干年过去,居然成为一个大家族,甚至有的已经和原样相去甚远,但只要放在一处,你还能清楚地看到它们的遗传基因。

是的,手工艺有它的基因,好基因代代相传,不好的变异,被历史湮没。

最早的一款,是超妮的设计,为情人节的准备,用了梅与竹的纹样。古代梅和竹放在一起,叫梅竹双清;如果加上松,叫岁寒三友;或者加上兰与菊,又变成了四君子。总之梅与竹在古代大受欢迎,诸多美好,都能在其中体现。不过因为是情人节,要有一个特别的寓意,所以我们取了个有意思的名字:青梅竹马。那么美好。

器形是标准的马蹄杯,直来直去,刚挺而不笨拙,还要有几分秀气。特别是配合上画面:口沿处一圈,用双勾法画梅和竹的纹样。清爽,透气,又具古典美。

直壁的器形,工艺上有特别的难度,因为直壁特别容易变形。我们去博物馆看宋代的斗笠碗斗笠杯,水平地看,都会发

马蹄杯上画蝙蝠就变成了"马上有福"。

现碗口很难是一条直线，扣在桌上，放不平。行话叫"翘（音桥）口"。这个问题，历史上一直没有特别好的解决办法，也成了试练技术的一个舞台，水平差一点的，一般就挑容易的器形去做了。

不过古代也有变通的方法，就是把外壁做成一道微微弯曲的弧线，气质上，就有了不小的变化，同时，也降低了口沿变形的风险。这一点细小的变化，成为马蹄杯的两个最重要的体系，各种变化的原型，都可以追溯至此。

后来我们给国家博物馆提供的一个产品方案，就体现了这种变化。我们的设想，取国家博物馆的两款馆藏：一款马蹄形的器物，比如马蹄尊（马蹄的形制在瓷器中有广泛的运用，不限于茶杯），另一款带有云蝠纹的装饰。这样，宣传上，就可以说是集合了两款中国古代经典的瓷器。

为什么这样设计？因为"蝠"与"福"同音，古代一直有将画蝙蝠指代有福的传统。所以，马蹄杯上画蝙蝠就变成了"马上有福"，非常应景。当然传统陶瓷上的云蝠纹常常以青花绘云，以矾红绘蝙蝠。云指天，红蝠通"鸿福"，于是又有了"鸿福齐天"的美好寓意。特别在有清一代，极受欢迎。

与国博的设计部沟通，一拍即合，我们抓紧时间出样。由高到矮一共做了三款，矮的那款，是直壁，另外两款，就都是弧壁。放在一起，哥仨儿。

最近的一款是为猴年做的设计，叫"马上封侯"。马有了，封侯怎么办？当然是画蜜蜂和猴。点缀的寿桃又有长寿的寓意。

一个器形，因为名称与马有关，于是又延伸出丰富的意思，想想也觉得很有意思，怎能不多上几款意思意思呢？

"马上封侯"杯（局部）

"马上封侯"杯

盖碗的三段论

我们现在用的盖碗，大多由盖、碗和托三部分构成。因为是上中下三个部分，因而很容易被附会为天地人，于是就有了三才盖碗的俗称。这样的例子古代很常见，未必有什么道理，但听起来很像那么回事，于是大家也不深究，终于还成了标准的说法。

实际上这种三件套盖碗出现得很晚，博物馆里馆藏的盖碗，到清代中期甚至更晚都还只有两件：盖与碗。至少在宫廷御用中，并没有三才盖碗的身影。

不过一旦出现，便在民间广受欢迎。甚至还发展出一套盖碗茶的暗语体系，比如盖拿下来靠在碗托上，就是要堂倌加水；而盖翻过来放进茶碗里，就是要买单走人了。

因为有三个部分，又是分开来制作，三部分之间的配合就尤为重要。既要好用，又要好看。

（一）碗

这几天在做一款小盖碗，适合女生用，或者人数很少，甚至一人泡茶时用。大体上盖碗的碗，下部有圆弧形或方折的两类，这一款做成圆弧形，形似于常见的饭碗。

先利了器身。我们想象这个形要有绽放的意味，像一朵花，当然不求形似。花的绽放是一个由盛而衰的转折，万物一理，所以放的时候就要包含着收，形上要有内敛之气。这在利内壁和利外壁时就要有区分，内壁的线条不能单纯地跟着外壁走。当然器

盖碗利坯

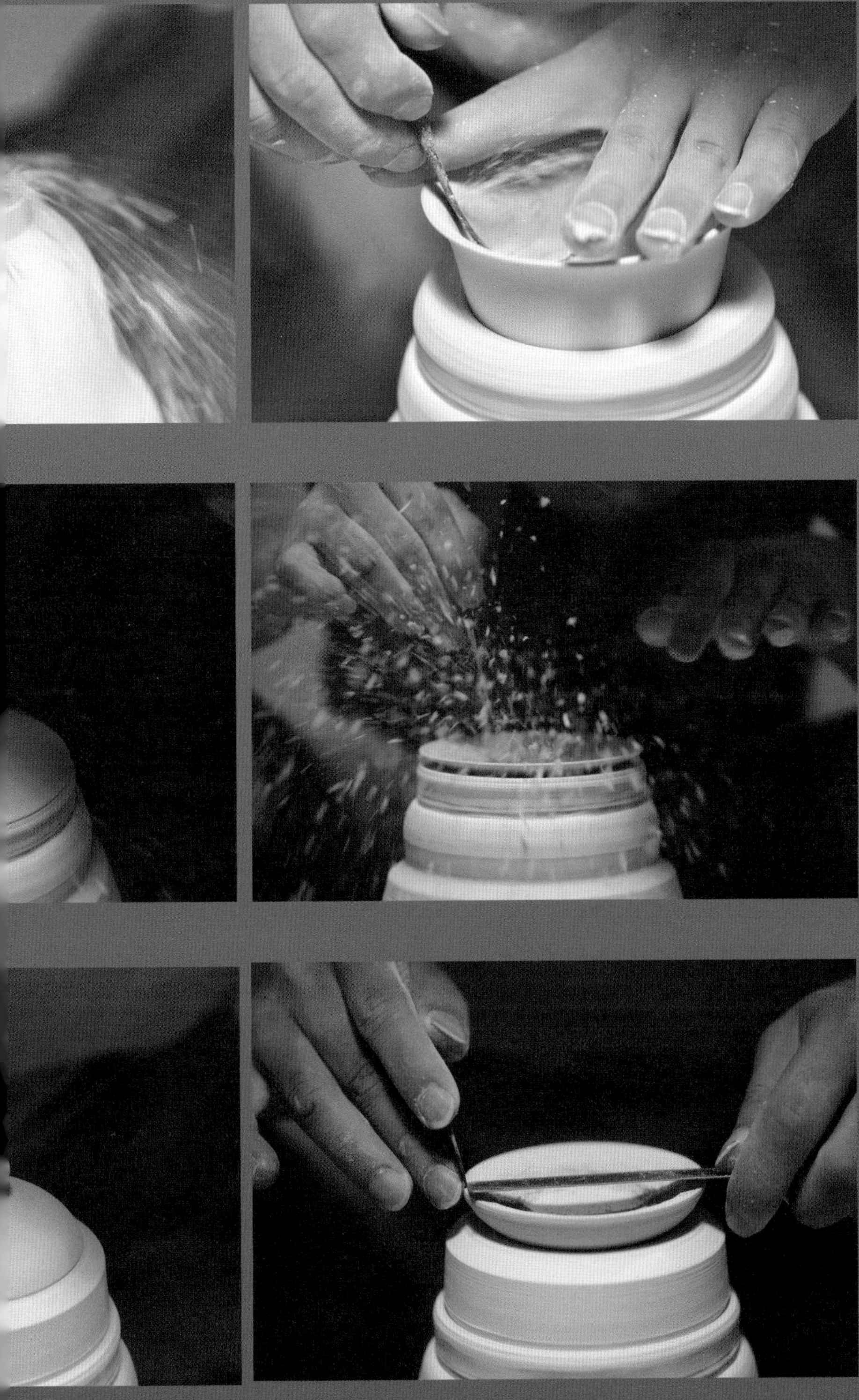

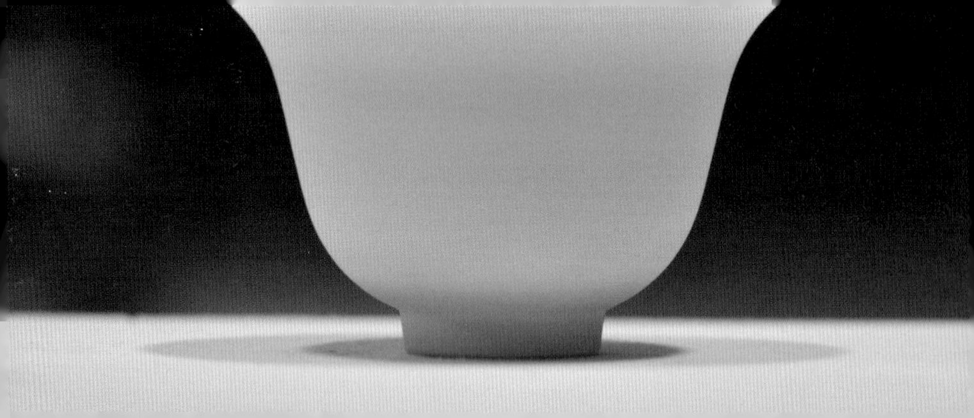

身的高度还有足的高度都要拿捏得准确，足要立得住而身要挺。而烧成后胎还有一定的收缩，并且横向与纵向的收缩比并不相同，所以在胎上还要有预判，想象一下收缩后的样子，那才是最终呈现的结果。

（二）托

盖碗最下部是托，有的也叫茶船，不过当然没有船的形。实际上有一种茶船的确像船，当然也是做茶托用。所以反过来，差不多茶托也都可称为茶船，没有什么严格的界限。

不过碗的托有一个特殊的功能，就是碗的足刚好卡在里面，这样端起茶碗时就不容易晃动，想象一下如果碗托是个盘子，就很容易理解，事实上，也的确有这样的托。其实我们在电影、电视剧的古装片里很容易看到这样的场景：某大人端起盖碗，仆人即喊，送客。声音拉得很长很悠扬却不容质疑，没有回旋的余地。也有时候一手端起盖碗，一手拈起碗盖，轻轻拨一拨也许是浮在水面的茶叶也许只是装装范儿喝上一口。但现在其实盖碗大多数时候都是用作泡茶的工具而不直接用于饮茶。这样一来，托的功用又弱化了。

但不管怎样，大家还是更习惯于三件套的搭配，好像西装不配皮鞋甚至不穿鞋总会让人别扭。的确除了功用之外，如果托的形搭配得好，确能在整体上增色不少。

托，要托得住。

就形而言有两点特别需要注意，一是不能太高太大，像小丑穿上紧身衣又配上灯笼裤。更难把握的，是既要有上托的"势"，又要有平展而下压的"力"。表面上，托自然是朝上，但一般碗和盖都是向上的取势，所以托就需要拉得住。利坯的时候微微上翘，因为平的面收缩时会下沉，因此，要计算好哪个位置要厚一点，沉要沉多少。

当然，所谓计算，就像做菜的菜谱上说的，盐少许。

（三）盖

盖碗的盖就是天王盖地虎的盖，意思也一样。盖就是天，托就是地，中间的碗是人。

烧成以后，才能知道最终配得好不好。

　　不过盖碗的盖其实不能完全盖住碗，而是陷在碗内，叫吃水。吃水不能太深，太深的话盖碗的实际容量就很受影响，因为注水的最高线基本上是与盖沿平齐，并且太深的话，也很不美观。同时又不能太浅，否则水位太高很不好用。不过，盖和碗是分开来制作，烧成后又有比较大的收缩，所以这种吃水的配合，很有些难度。

　　盖因为在最上部，所以对整体的器形要压得住，用的时候更是如此，盖沿将茶叶挡住，倒茶水时不使茶叶翻倒出来。但又不能太重，使得头重而脚轻。这很大程度上取决于盖的上弧线与上口的配合。

　　古时候的盖多是仰烧，盖朝上放在窑里烧，盖的弧线易于把握，不过缺点是上口的口沿是没有釉的，像底足，很容易脏，脏了还不容易清洗，而又偏偏在最上面，有时候只好用一些加彩描金的方式来掩盖。

我们现在却是用扑烧，就是盖着烧，上口就不会没有釉，但因为上口较重，对盖身的压力比较大，盖容易下沉。这对利坯就是个很大的考验。

不过仰烧也好，扑烧也罢，各自都有各自的优缺点，对于制作而言，无非是如何能够扬长而避短。

盖利好了，和碗及托一配，优雅而且丰满，生动而有静气。我们很满意，不过，这不过是完成了第一步。最终的效果如何，还要烧成以后才见分晓。

后记：烧窑

烧窑的时候，盖与碗与托依然是分开来烧，所以在传统的行业里，盖碗虽然是一体，却算是三件东西，三件东西还要完整地配套，所以价格至少是碗的三倍以上。

特别对于水平不够高的作坊，如果成形的规整程度不够，三件中的任一件烧坏，其他两个就很难办了。如果大小能够一致，就还能相互调配。

这一窑烧得不错，少数几件的破损，也没有集中在一个形上。我们做的标准程度很高，所以配一配都挺好。

盖与碗与托，合在了一起，精神！

盖、碗、托配在一起,才成为一套。

好茶杯的标准

茶道的用具很多，最核心的无非是两种：泡茶器与饮茶器。前者主要是壶与盖碗。也有一种碗泡，直接拿大碗，泡起来难度较大，用得也少。而壶以紫砂为上，瓷壶虽有茶人倡导，如今显然还远不敌紫砂，但盖碗则为瓷制。饮茶器则为茶杯，材质虽多，玻璃、紫砂不一而足，却不受茶人重视，一般的使用也多以陶瓷为主，所以茶杯基本是陶瓷的天下。

如此，一款好的茶杯有没有标准？

说到标准，不免严肃。事实上，一类事物要定好坏的标准，也不可能，而一些考虑的准则，也许可以讨论。这里，我们只说瓷器茶杯。

我想，好茶杯的要求，首要是宜茶，品味。茶杯用以喝茶，材质再名贵，工艺再复杂，画面再精美，如果不适用，甚至不能用，就很难说是一款好茶杯。深究起来，又要看器形，大小与质地（胎釉）。后面细说。

宜于品茶味之外，还需可观。古人说一件瓷器"首重画工"，因为器物上的装饰往往易于成为视觉的焦点。茶席也好，个人的品饮也罢，品味之前，先将赏器。故而一只好茶杯要好看，赏心，悦目。

总之，一款好茶杯，可观赏，可品味，算是最核心的要素吧。不过，这两个要素又都大有文章。

品味

好茶杯首先要好用，宜茶，助于茶之味。

首先是器形。讲究起来，不同的器形适合不同的茶，如前些年流行喝熟普，都喜欢口大而浅的杯形，因其散热快，适豪饮。而香气重的茶品如岩茶，高身的杯形就宜闻香。当然也有的器形，各方面都比较均衡，各种茶品大小通吃，像铃铛杯。这是大的方面。细节的品评又要考量口沿、器身和足是否处理得精准恰当，整体的气质是否把握得好，比如花神杯是外柔而内刚，而马蹄杯则是外刚而内柔，这完全在于对造型艺术的理解。

再是大小。太大与太小显然都不适合饮茶。景德镇的传统工艺制作茶杯常常会以器形来迁就工艺，比如一个画面，杯子太小画不下，那就放大，直到可以容纳画面。有时候，不但喝茶嫌大，就是喝水，也要胀肚。不过，到底多大是最合适的，其实也没有标准。不同的茶，不同的场合，不同的人数，所用茶杯的大小都会不同。一次和老古竹斋聊及，他说他的想法是，浓度越高，杯就需越小，这样，即使是不同的茶，整泡下来，摄入的"茶量"是差不多的。而我自己一个人喝茶时，就常爱用压手杯，配一小壶，一壶茶倒一杯，大口豪饮。当然，个人的喜爱其实不在讨论的范围之内。但人数的多少特别是茶席上人数的多少，显然也与杯的大小密切相关。

另一个需要考虑的是杯子的厚度。成化鸡缸杯极薄，而永乐

一款好茶杯，可观赏，可品味。

压手杯极厚。一方面，厚度涉及风格，是轻灵还是厚重，是巧还是拙。而使用上，又涉及茶汤温度的保持，以及接触口唇时感觉的细微差异。没有定见。

以上的三点，说来总有点隔靴搔痒，语焉不详，仿佛只是一些模糊的原则。不过，品茶又何尝不是如此。其间的妙处，总是

好瓷「首重画工」。

意会多于言传。不过，最后的一点，似乎可操作性就要强多了。这就是质地的感觉。

质地的感觉其实又包含胎与釉两个方面，不过胎是骨，釉是肉是皮肤，给人最直观的观感与触感，也是直接接触茶的部分。现代的透明釉更接近于玻璃，与古代的草木灰釉有不小的差异。古玩行当里面经常说新物有贼光，其实与釉的质地有很大关系。因为玻璃更透，光线直入直出，容易"刺眼"，而灰釉中的丰富气泡使光线不断地发生漫反射，于是显得温润。实际上，不但视觉上有差异，用起来，也是大不相同。传统的灰釉对提升茶的品质有帮助，很多老茶客都注意到这一点，虽然科学上没有深入的研究与解释，却是许多茶人的共识。

可观

好茶杯必可观。一只茶杯，品茶之前，用流行的话说，你看或不看，它都在那里。所以从时间上来说，可观还在品味之前。

观什么？画面（装饰），器形，胎釉。

好瓷"首重画工"，小了说，画工是各种画，大了理解，是陶瓷的装饰手法。总的来说，陶瓷上的装饰手法极其丰富，但大致可分为三类：一是画，二是色，三是雕刻。

陶瓷上的画（可以称为彩绘）与国画不完全对等，范围恐怕要更广一些。但凡国画中有的花鸟、山水、人物，陶瓷上都有，而陶瓷上还有一大类是纹饰，一般只出现在工艺美术之中。而纹饰与画面的结合在陶瓷中也大量出现。陶瓷彩绘最为著名的是青花，这当然是从工艺上来分。青花之外，更有粉彩。还有五彩、斗彩、新彩、素三彩之类。对于门外汉来说，区分这些名称已经够人头痛。不过简单地说，青花是单一颜色（蓝色）的绘画，其他的都是多种颜色。事实上，了解工艺对于欣赏并没有特别大的帮助，对于彩绘而言，重要的是绘，想要更好地了解，功夫要下在绘画的欣赏上。这是很多爱好者甚至一些专家常犯的错误。比如说到元青花绘画水准之高，必是出自大画家之手。但放在元代大家的作品中一比，你就知道那是个笑话。并不是说它画得多差，而是放在绘画史上看，完全没有讨论的意义。好像高中的学霸走进博士后的实验室。所以，一只杯子上画得怎样，你其实完全可以不懂工艺，以绘画的要求来看，足矣。当然，深入地了解陶瓷彩绘的工艺与装饰手法，会带来更大的乐趣。

装饰的第二类是色，彩绘当然也有色，但陶瓷中有一类完全以色为装饰，通称色釉，也叫颜色釉。而色釉之中，又以单色釉为多。比如人类陶瓷史上最古老最丰富的瓷器就是青釉，是色釉的一种。青釉中人们熟知的有龙泉窑，实际上汝窑也是青釉的一种，"夺得千峰翠色来"的越窑也是青釉，还有一种极为著名而神秘的"秘色瓷"，其实也不过是青釉的一种。最初青釉的产生不是因为人们追求青色，而是因为釉料里的杂质去不掉，无法烧

人类陶瓷史上最古老最丰富的瓷器就是青釉

出后来的透明釉。当然后来就变成一种自觉的色彩上的追求。

青釉之外，红黄蓝白黑各种色调在陶瓷史上一一粉墨登场，清代之后，几乎进入无色不有的境界。再拿青釉来说，景德镇窑的青釉之前，某时某地能烧出某一个漂亮的青色，就足以名垂瓷史，朝鲜历史上曾烧出过一种近于翡翠的青釉，已经使它在世界陶瓷史上占有一席之地越窑也好，汝窑也罢，也都是青釉的一种。但清三代的青釉瓷却是随心所欲，几乎能够烧出你想要烧出的任何青色。当然青釉已经没有特别的技术难度，最难的当属高温红釉，古代有民女跳入窑火祭窑而成的凄美传说，时至今日，亦是难制的品种。而单色之外，也还有多色的，如窑变釉，出窑万彩，变幻莫测，但都不是主流。

说了这么多，对色釉的欣赏似乎变得复杂。但回到原点，又非常清晰简单。事实上古人对色彩的追求，与今人对色彩的欣赏并无不同。了解这一点，你就能知道，一只色釉的茶杯好不好，只要看它的颜色好不好。工艺的了解有助于成本、价格的判断，无助于美的欣赏！

再有一类装饰是雕刻。雕刻装饰由来已久，不过总的说来，其实也并没有脱开画的范畴，只是更为立体，如果有一些对雕塑的了解，显然会对欣赏更有帮助。

当然，各种装饰手法也不断地融合，交差并相互影响，有的时候多种装饰手法置于一物，产生诸多意想不到而令人称叹的效果；有的时候，又会导致繁缛甚至古怪，这都源于审美的高度与把控的能力。

　　观的第二个重要部分是器形。所有的器物,天然就是造型艺术。事实上,器物最核心的部分,首先是型。画是后来居上,抢了风头,但没有型,画也无所依存。并且,器物上的绘画必然也要结合型。当代有很多画家在瓷器上创作,常常是简单地把纸上的画画到了瓷上,就难有精彩的作品。小到一只茶杯,造型上有哪些的讲究?细的说来,首先口沿器身与底足,各部分协调,比例恰当。看看传世的经典,莫不如此;其次线条的处理干净利落,挺拔也好,雍容也罢,高挑或宽博,器物的每一处线条都不含糊,才能体现出它的气息与气质。当然,一只茶杯,在器形上,又同时是适用性与观赏性的焦点。

　　最后看胎釉。我们现在去博物馆看古代的陶瓷,近些侧光看看釉面,常常会觉得像湿的一样,会有油一样的感觉,腻腻的,显得温润,像玉,有一种温度。事实上,好的胎体也是如此,只是胎罩在釉下,不容易直接地接触与感觉。不过一般来说,大部分的杯子在底足上是不上釉的,能够透露瓷胎的信息。古代官窑的胎体油性强,断裂处往往都不特别锋利,所谓骨肉停均,既坚固硬朗,又不锋芒毕露。所以,宋代以景德镇为代表的青白瓷就得到了假玉器的美称,也能够让我们了解好瓷需如玉。

　　总之,一款好茶杯,可观赏,可品味,算是最核心的要素吧。一杯之小,却是一大片天地。

好杯子是怎样
利成的

这几天继续在利鱼水之欢的坯，利的是大杯，明天才开始利小杯。我问小徐这几天公司生产的动态发了没有，他说掌柜实在不知道发什么，这几天都在利同一款杯子，总不能天天说同样的话啊。我说不知道发什么只能说明用心不够，每天做同样的事，每天就都是一样的吗？更何况利一个杯子哪里是说一句"今天利鱼水之欢大杯"这么简单？

要知道，利好一只杯子要有多少的环节，每一个环节又有多少的讲究，技进乎道，不就是在这些讲究中吗？实际上，在景德镇传统制瓷工艺中，有七十二道工序的说法，但那只是大的工艺环节。每一道工序中，又得细分出很多的环节。

拿利一只杯子来说，要经过多少工序才能利好呢？

第一步：将坯扣放在坯车正中，用手指轻敲找准重心，与转轴吻合。行话叫掇（音duo）坯。这个工序看似简单却非常关键，因为一旦重心稍偏，后面的所有过程都是在一个偏移的重心上，烧制的时候就会使这种误差完全暴露出来，出现变形。

第二步：利髻子。拉坯后底部留了一部分泥，像发髻，要先将这部分去掉。去掉之后，底就是平台，利坯师父可以在后面的工序中用手指按住轴心，加强稳定性。

第三步：粗刀去掉浮泥，将外壁稍稍修整，平滑。

第四步：将坯翻转过来，把口沿利平，叫打平口。

第五步：再次将坯翻转过来扣放，此时才开始进入真正的成型

最细微的部分，甚至要用上剃须刀。

阶段。走粗刀，也叫打粗。用比较宽厚的坯刀将厚坯打薄。像理发匠面对一头乱发时，大剪刀先多剪掉一些。此时，大的型已经有了。

第六步：出型。这时换上了小些的条刀，开始对外壁精修成型。是撇口或是收口的角度，器身的走势与线条由此确定。

第七步：出线。对利坯师父而言，这就是以最细的毛笔在描绘最精微的细节。这个过程，现在用的居然是剃须刀！并且在其他的工艺流程中，剃须刀也还大有用武之地，如果吉列知道，该是大跌眼镜了。

第八步：挖足。绝大多数的器物，底部都有足。早期的陶器，很大一部分是做三个脚，高矮形态极为丰富。不过后来慢慢圈足成为主流，当然是因为圈足更为方便快捷，便于生产。对于一个小杯子，一般立在那里底部有圈，将杯身挺住，也有一种放在那里看不到，是卧足。挖足的刀会有个直角，足与底于是可以形成清晰的直角，干净利落。

至此，外部的处理就全部完成，开始着手内壁。

第九步：利内壁。利内壁大体上也是两个环节，先用稍大的刀利一遍，再用细刀精修。如果外壁是皮肉，而内壁就是骨！一来要骨肉停匀，更重要的是骨要有力，撑得住。但是，一个杯体骨的塑造却是在做减法，这就要特别小心，一旦减多了，是没法补回来的。所以，利坯师父在精修内壁的时候，就要反复地测量杯的深度，将杯体轻轻拿起掂分量、称重量，用手轻抚内壁，如

利坏刀

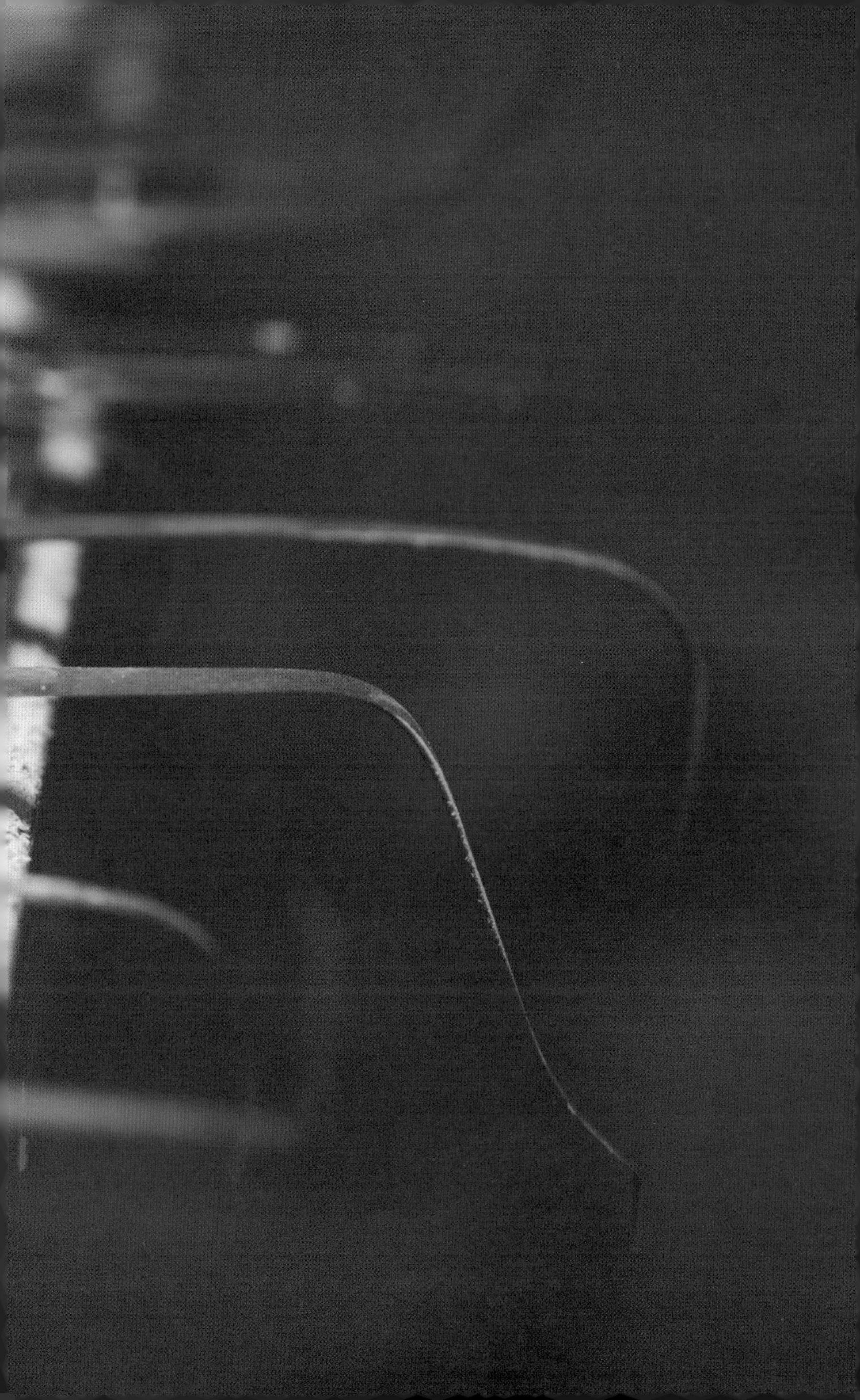

感觉细微的不平,然后放下,做细微的调整。这些过程要多次反复,直到满意为止。

当开始用细刀精修内壁的时候,坯已经非常薄了,不要说下刀,即使是手拿都要非常小心:如果一个外行人来拿,十有八九要破,没破的基本烧成的时候也要破,因为可能产生了看不到的细小裂痕。

此时的每一个动作,都须全神贯注、屏息凝气,直到最终完成。从坯车上拿出放到边上才算长出一口气,但马上又要进入下一个环节。

说起来,一步一步井然有序,驾轻就熟,做起来,每一步却都如临大敌。实际上,利坯师父要对整个的坯体负责,直到烧成以后才算真正的完成。而利坯是计件工资,件的计算就是要在烧成以后进行的,烧裂或严重变形的杯子,拿不到工钱。

利一只好杯,有多难!

利个杯子要几把刀

利坯是精修的过程,是器物成型的关键。利坯用的工具就是坯刀。

据说扬州的修脚师父都有一组刀具,非常专业,不过相信比起利坯刀怕是要逊色了,虽然前者伺候的是人,后者却是泥土。

同一个杯子上，不同的环节，就要用到不同的利坯刀。

坯刀是铁器，想当然过去一定是铁匠铺里来做。对，也不对。打坯刀的必然是铁匠，但普通的铁匠铺却不打坯刀，原因是打坯刀的独立成了坯刀店。在古代要开一家作坊，先要选一家坯刀店，选定之后再不可更换，甚至你的作坊发展得很快需要的坯刀太多原来选定的坯刀店根本无力完成，此时，他可以转包，你不能换店。这是行规。

利坯到底要多少把刀？不同的器物，很不相同。事实上，同一个杯子上，不同的环节，就要用到不同的利坯刀。比如初坯刚利的时候，利外壁刀要宽大、厚重，力道大，吃得深。就算是利个小杯子，也是大刀阔斧。利内壁的刀就得长。而挖足的时候，不但要细，还要弯个直角。最细节的调整，还会用上剃须刀片！

实际上，利坯师父不但要根据不同的器形不同的部位来选择利坯刀，还时时要根据需要，来调整利坯刀，某个部位弯得多一点或者掰得直一点，全凭经验和感觉。

利坯，除了与坯对话，还要和利它的刀对话。

开窑记

试照子

比如烧青花，如果换了一种青花料，或换了一种泥料，又或换了一种釉料，总之任何材料的调整，都要进行一些试烧，看好效果，才能投入正式的运用。行内管这叫试照子，为什么是这个"照"字而不是"罩"字，很难说，匠人的很多传统，就是口头上的。

也问过一些匠人，他们说就是本地话按照这个样子的照，这个音跟普通话差别不大，只是照例没有卷舌罢了。但问题又来了，为啥不是"试样子"？

事实上，长期的生产过程中，勤奋的窑主在烧窑的时候，经常都会试试照子，因为试照子其实没什么成本，但试得好，就可能会有很多新的产品可以将来投入生产，简直是不试白不试。

不过一般试照子，都是随手做成些泥片来试，形制上不用特别讲究，试验嘛。试的内容就五花八门，但凡涉及材料与配方以及材料与材料之间的配合，都需要反复的试验。一位做仿古瓷的好友给过一个精彩的比喻：就像射击，三点一线，哪一点不对都不行。瓷器的胎、釉、青花料、烧成，四点了。有时还不止。它说的还是青花，不同的瓷器的难点又不同，道理却是一样。

我们这一窑自然也要试试照子。主要是一些色釉，色釉就是颜色釉的简称。我们熟悉的青花，用的是透明釉，青花才能从釉下透出浓艳感人的蓝色调。而青釉就是绿色釉，祭蓝是蓝色，祭红是红色，所有有颜色的釉就叫颜色釉，这很像一句废话。但也

这次试了天蓝釉、翠青釉、桃红釉和祭红釉。

不尽然，像青花是透明釉，但人们往往以为是白釉。

这次试了天蓝釉、翠青釉、桃红釉和祭红釉。少文讲究，试个照子居然也用了观味杯。

实际上，还是心里比较有底，特别是对于天蓝釉和翠青釉。桃红釉和祭红釉其实就不太有底，不过，总觉得其实就算烧得不好，只要杯子本身没问题，还是能用的。而且说不定，还有些意外的效果。

一开窑，果然天蓝釉和翠青釉效果很不错，达到预期。而祭红和桃红就有点惨。

桃红釉的色调完全不对，居然烧成了土豪得一塌糊涂的中国红般的大红，哪有半点桃花带雨的韵致？其中一只还满身橘皮。橘皮是术语，是烧瓷的常见问题，而这个简直就是柚子皮了。

而祭红也不好，好的祭红色如凝血，这一只却只有若隐若现的几点红色。

不过，那么像豇豆红！

豇豆红有美人醉、桃花片的别名，原本就是烧高温红釉不成的意外产物。

这个小杯，恰与古人会！

妈妈叫你
去吃饭

前几天我们试烧了第一窑。新窑能不能烧好，很难说，就像新设备要调试，不运作一下搞不清楚。如果有问题，建窑的师父可以及时解决，因为行规里是烧了窑才能付清尾款，售后毕竟比不上买家电，更比不上淘宝亲记得好评噢。

公司新址新建的这座窑不大，主要用于我们开发新品和观味杯的烧制。第一窑之前，观味杯已经做了不少准备，不过因为第一窑风险大，放观味杯就太不合算了，万一烧坏，损失惨重。所以拿了一些碗来，个儿大，占地方，又不像观味杯的坯那么精细、要求那么高。

少文说你随便写点吧。那意思，反正你写也不要钱。随便请个写得我还能接受的师父，写四个字怎么也得十块八块的。几十个碗，好几百块。所以少文这个二当家不是白叫的，当家不容易，师父身上省不到，剥削下老板总没什么关系。

写点什么，字不能多，多了累，琴韵书声之类端着也累，脑子里突然冒出"吃饭去"和"禅饭一味"。论述起来，也是禅意满满：饥来吃饭，困来打眠。多好。又是对茶的戏谑，像一个善意的玩笑，好玩儿。

于是开写。

我们写字和匠人写字还是很有些差别。对我而言，在瓷上写与在纸上写，没有什么本质的不同。只是材料上的差别，好比生宣与熟宣，狼毫或羊毫，需要一个适应的过程。前年江西省书协主席毛国典兄与吉林书协戾军兄、刘成兄等一行来玩儿，都写写

一边写，一边觉得还是"吃饭去"更直接更有意思。

瓷。国典兄直呼写不好，他多次来景德镇，也常动笔，只是他行笔快，爽利，瓷上不好表现，也没有特别的兴趣。倒是其他几位书家，第一次来，兴趣极浓，稍稍试写几字，去做些调整，便顺了手。烧成后，效果多还不错。

不过匠人写字更注重的是规整与清晰，烧出来颜色均匀，发色恰到好处，对材料的运用和把握自然不是外人可比。

我既不必特别在意材料，写起来就快。一边写，一边觉得还是"吃饭去"更直接更有意思，"禅饭一味"总还有点拿腔拿调，所以写了几个就不写了。一个劲儿光写吃饭去，越写还越觉得有意思，吃饭去，饭去吃，去吃饭，跟可以清心也似的。

销售的时候，我们还可以说买一得三，不亦快哉。

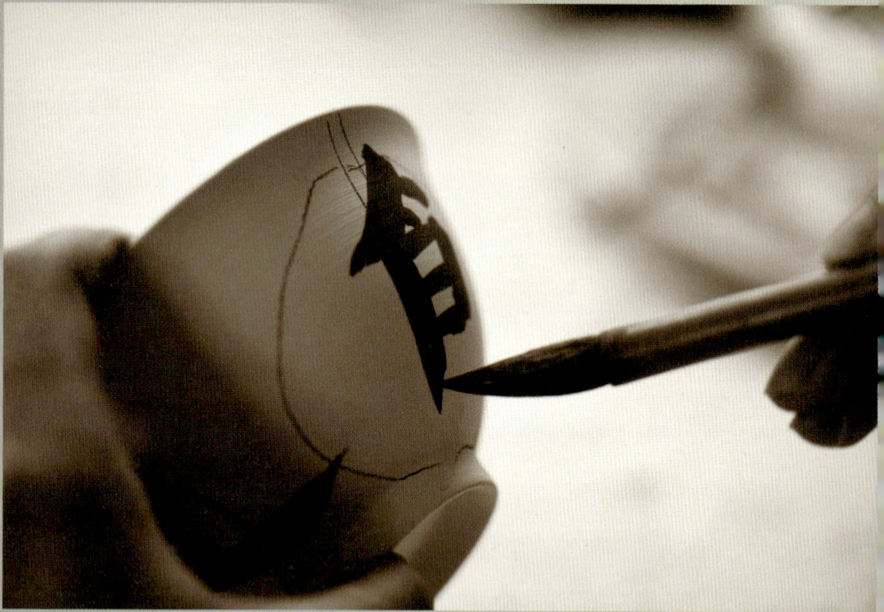

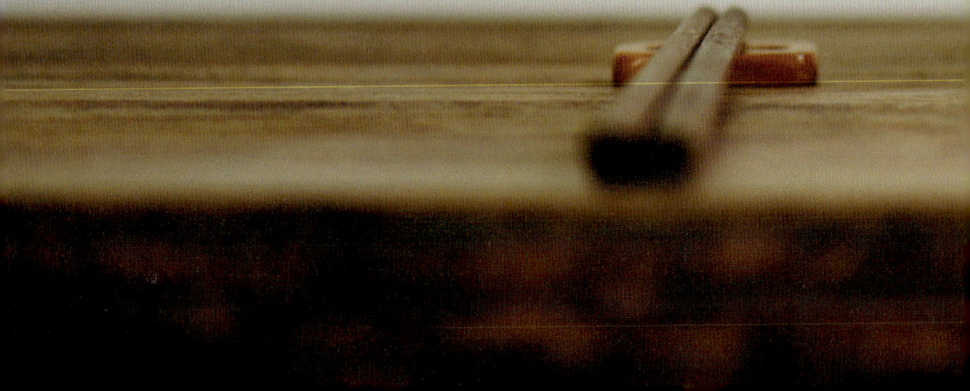

用烧好的碗盛饭。

开窑记

第一窑：秋天里的一把火

2015年8月15日

今天烧窑。除去试烧的一窑，这算是新窑真正的第一窑。

这一窑除了烧鱼水之欢青花套杯、观味的几款白杯、上海虚一老师的一些青花作品，还要做一些色釉的试验，像天蓝釉、桃红釉以及高难度的祭红釉。

下午3：00

点火。

虽已入秋，景德镇还完全是夏天的感觉。下午的气温仍然超过30度。一点火，把人的情绪也点燃了。

从这个时间开始，进入了升温氧化的过程。

晚上8：00

窑内温度逐渐升至1000度。这时候，要保持一段时间，就像熬粥，既不让它冷下来，又不能加火。熬上一个多小时，就要进入另一个重要的还原阶段。

晚上9：20

开始升温并进入还原的过程，还原的过程窑内一氧化碳浓度高，窑炉闷烧。此时不但窑内持续升温，窑房里的温度也随之大大提升，令人大汗淋漓。

晚上11：30

温度上升至1180度。又要进入下一个阶段，成瓷。温度继续

现代气窑

上升,一直要到1300度。窑房继续桑拿。

凌晨1:00

熄火。

烧窑的过程结束,烧得如何,降温开窑以后才见分晓。(参见开窑记之《鱼水之欢》)

烧窑如烧菜,过程简单,火候的把握就是功夫。

第二天下午开窑。

古代烧窑全凭经验,火候的把握,靠眼,温度多高,窑内的气氛浓不浓,环境对不对,真要一双火眼金睛。要知道,没有科学的温度显示,要凭一双眼睛来判断是1300度还是1280度,是何等的难度!像祭红这样的品种,理想的呈色状态就是上下10度,真是命悬一线。即使是现在,普通的窑炉也无法这么精确地控制温度。所以，古代负责烧窑的把桩师父可不是一般的匠人，在一个作坊里，他差不多是总经理兼技术总监的角色！

而且，开窑的过程也要复杂得多，一窑烧好完全冷却打开窑门，也看不到一件瓷器，因为瓷器都装在匣钵里，需要把一个一个的匣钵往外拿，再从匣钵里一件一件地往外取，每一件瓷器或引起人们赞叹的掌声，或换来惋惜的感叹。

现在开窑容易多了，基本上，打开窑门就能大致看到全貌。不过如果烧坏，恐怕打击也要大得多。古代一个匣钵里的瓷器没烧好，至少还可以期待下一个。而现在……

所以，打开窑门的一刹那，心实在是高高地悬起。

从门缝往里一看，中间部分的青花最抢眼，发色不错，没问题了！

这一窑，顺利。

沮丧的第二窑

2015年9月5日

严格地说来，包括试烧的一窑，这是新窑烧的第三窑。前两窑烧得都很顺利，连试烧都出乎意料的好。少文说，早知道当时多放点观味杯进去烧了。

所以这次本来计划开窑了再回家，但开窑的时间要在三点钟以后，再开车回南昌就很晚了。而这两窑都烧得很顺利，也就不太担心，于是就先回了家。

昨天刚好少文女儿的同学聚会在公司，一大帮十几岁刚上初中的孩子欢欢喜喜像过节，像烧窑前的庆祝，他们甚至每个人都还画了一个青花的杯子，赶在这一窑都放进去烧了。我儿子速滑队的两个队友刚好来玩儿，也画了两个，今天训练时遇到还千叮万嘱不要拿错了。

这些天天气一直不错，满窑的时候却有点闷热。窑的感觉跟人很像，最好是秋高气爽，人舒服，窑烧得就舒服。不过一切就绪，天气总的来说也还不错，于是就烧了。

一整天烧下来，白天一直在等着冷却，到下午三点半，开窑了。

少文打来电话，情况不好。

心里咯噔一下。什么情况？

主要是橘皮比较厉害。

什么原因？

天气肯定是重要的原因，当然还有很多细节的原因，还要跟烧窑的师父碰一碰。电话里不细讲了。

橘皮是指釉面不平，像橘子皮一样起皱。严格地说并不完全算是问题，永宣青花中橘皮还是重要的特征之一。仿古的行当里，很多器物，要故意做出橘皮的效果。不过随着技术的进步，人们慢慢就不再接受橘皮的情况。

少文一边开窑，一边让超妮拍了些照片给我。

我一看，有些还好啊，特别是单色釉的那些。还以为一窑全毁了！

少文说上面的部分还好，但下面的比较严重。

古代烧窑，不管多大的窑，总是一头投柴烧火，另一头靠着烟囱抽力把温度拉过去。所以一窑之内，不同位置的温度、气氛的差异很大，有的温度可以相差超过一百度。现代的气窑，虽然烧窑技术先进了很多，但也无法完全解决这一问题。

我们这一窑刚好是个形象的说明。

不过，这样的说明实在是太昂贵了。

已然如此，只能明天再想想还有没有什么补救的措施了。

欣慰的第三窑

2015年9月16日

上一窑很令人沮丧，沮丧之后，还是要分析原因，找来烧窑师父,把有问题的摆到一起,大家讨论。

其实之前的两窑也有一些小问题,只是运气不错,整体都烧得挺好,就没有引起足够的重视。到这一窑,问题充分地暴露出来。新窑的调试,也只能是靠一窑一窑地烧,发现问题再做调整。

分析下来,主要的问题有两个:一是风道宽了,抽力过大;二是整体摆放的位置太靠后。上一窑在满窑的时候,密度要比前两窑大,更容易使问题呈现出来。于是这一窑烧窑前,对窑炉就做了调整。

昨天烧窑烧了一整天,上午开窑。

九点半钟,少文在楼下喊"开窑了!"我背上相机兴冲冲地跑下去。

老陈已经把窑车拉了出来。

我先拍了几张照片,又对老陈说,推进去我再拍几张。

拍完又拉出来逐一清点。

这时窑内的温度其实还有一百多度,瓷器还很烫手,需要带上隔热的手套。不过拿出来之后,凉得就快了。过一会儿,我们就可以拿起细端详,当然,还是热的。

新烧的一些品种以及复窑的杯子,效果都还不错,虽然也有坏的,都在正常的范围之内。特别新烧的几款观味杯,效果很让人满意。

摆在一起,让超妮又拍了几张。剩下老陈继续整理,小徐做

开窑

登记，我们上楼各忙各的。

本想整理下图片，却接了个电话要我去趟水库，水库今天装门挂牌放鞭，一定要我去看看。于是放下相机，赶紧去一趟。

那边结束回到公司已经快要吃午饭了，想到开窑的照片还没整理，上楼去取相机。忽然看到相机的SD卡放在桌上。

坏了，拍照时相机里没装卡！

丰富的第四窑

2015年10月12日

原计划上个月底烧的第四窑，种种原因，推迟到了昨天。这一窑里除了有七个新款的观味杯外，还有国庆期间来的诸多朋友的创作，当然，多数都是孩子们的玩耍，除了飙哥（参见《人人都是艺术家》）。

经过上一窑的调整，这一窑放心了很多，既不那么紧张，也就没那么兴奋。昨天烧窑，少文居然也忘了告诉我，还是今天他刷朋友圈，我才知道。看他的心情，知道这一窑烧得不错。

的确如此。

此前出现的橘皮的问题，也已经完全解决。不但七款观味杯的新款个顶个的精神，朋友们的"作品"也烧得不错。这次我写的一批"吃饭去"的碗，也都没什么问题。

当然最重要的还是这一批观味杯。完全是我们的心血之作。

一共有七个新的款形，数量都不多，也还算试验性的产品，品质倒都令我们满意。这一窑和上一窑的几个款式，将会是我们观味杯上线的第一批产品，第一窑和第二窑的观味杯，我们都已封存，暂时不会销售。

精彩的第五窑

2015年11月3日

昨天满窑，烧了一天，今天下午开窑。

虽然多少有些期待，也有些紧张，但心里觉得已经经过了几次调整，应该没有什么大问题吧。

等到开窑的时间，打开一看。果然。

这一窑烧得很好！

没有所谓的梦想成真，也没有特别的成就感。和预想的结果一样，心里的石头放下了。

除了几个基本款的观味杯，这次多烧了几款祭蓝，包括七碗茶的系列，当然还要写字，最后才能完成。不过祭蓝的效果烧得不错，算是完成了大半。

毛宁和张律师的作品也在这一窑里，效果也还不错。《制瓷笔记》中，《人人都是艺术家》里的两篇，可以完稿了。

说着说着就成了流水账。也是，日子如流水。

我们只是个记账的。

虚一画瓷

景德镇的瘾

虚一兄第二次来景德镇画瓷。

景德镇的强大吸引力，将一批又一批国画家、书法家、油画家、雕塑家、摄影家，总之几乎所有门类的艺术家引入这个辉煌而又没落的城市。不过这只是表象。

它的背后，是那个强大的手工制瓷传统仍然在这个城市里传承、传递。虽然它没有华丽的外衣，它看上去似乎只是在民间苟延残喘。但它其实是蛰伏的巨兽。艺术家的到来，不过是轻轻掀起的一角。各个门类的艺术家，无论油画、国画、书法、摄影、雕塑以及当代艺术，那么容易在景德镇实现自己的想法，尝试他们本门之外的创作，这样的支撑，源于何处？

艺术家的涌入，另有一个重要的原因，是陶瓷材料和工艺的特殊性，或者说广泛性，几乎所有门类的艺术家，都很容易在陶瓷上找到发挥自己专长的突破口。试想一下，除了陶瓷，还有其他吗？

因为偶然的机缘，虚一兄数月前来此画瓷，第一次从简单的开始，在常见的茶器器形上画画，用青花。青花最近水墨，对国画家而言，最易入手。事实上，虽然是第一次尝试，效果仍是不错。尽管工艺上有诸多的讲究，但并非本质上的障碍。所需的，仅仅是多几次的尝试，更为精准地了解和掌握材料的特性。

景德镇本地的制瓷艺人们，往往过分强调工艺的难度与复杂性。需知工艺从来不是目的，将工艺变成目的，也必然导致工艺的扭曲与衰败。事实上，任何艺术或工艺美术的门类，都有自身

虚一兄画的杯子和盘子

烧好的青花瓷盘

烧好的青花瓷杯

的技术要求，而工艺美术如玉雕之类，因其工艺的属性太强，也难以成为纯艺术的门类。而陶瓷却恰恰属于两者的中间地带。20世纪以来，全世界范围内的陶艺家们都在探讨的一个核心话题就是：陶瓷艺术是否能够成为一个与油画、雕塑、摄影并称的纯艺术门类？这个问题，至今仍是陶艺家们的心头之病。

倒是景德镇，仿佛一直置身于外，仍在一味地强调其工艺的价值，令人扼腕。

不过，陶瓷自有其本身的魅力，吸引无数的艺术家、设计师以及世界各地的爱好者涌入。这两年，居然就诞生了一个新词：景漂。而景漂与北漂却是完全相反的属性。北漂是底层的象征，而景漂却多是艺术家设计师群体，其中不乏世界级的大腕。

常常有人说，第一次到景德镇，很难有好的印象，因为你只能看到它颓败的表面。但多来几次，深入地了解，就极容易上瘾！艺术家尤甚，多少人为此常留景德镇，成为景漂中的一员。

而虚一兄，已然渐渐成瘾，这次，他不但画青花，甚至尝试了釉下的五彩。而数日以后，他还要第三次来画。不但要画，还要尝试刻瓷！

我不知道虚一兄是否会成为景漂的一员，但我知道，景德镇的瘾，他是戒不掉了。

群仙拱寿

9月下旬，中学校友吴晓师兄跟我说，八〇届校友毕业三十五周年聚会定在10月中旬，想要定制一件纪念品。他觉得瓷器很好，既是中国文化的代表，又是江西景德镇闻名天下的"特产"，而且瓷器的坚硬恒久又能代表同学情谊，是很好的选择。问我有什么建议？既要有意思有意义，又不能太大，很多同学从国外回来，大了也不好带。同时，因为开始没有计划，所以没有专门的预算，价格还不能太高。

我和大家商量了一下，给了两个建议：一个是做青釉石榴尊，肩上用金字写上聚会内容，石榴尊是文玩小件，又是传统的经典器形，釉色青翠莹润，典雅可爱，配上金字又多一分华美，预算也较低；另一个参考是去年做过的一款礼品，经典的青花缠枝莲花口盘，也是雍乾青花官窑的代表风格，华美而典雅，但预算也要高出许多。

反馈的意见是组委会的大部分人都看不懂前者，但都喜欢后者。文玩之物，多不入众人眼，自古如此，不足怪。于是定青花盘。

此时离聚会不过二十一二日，期间尚有中秋及国庆。传统陶瓷的制作工序颇为繁杂，时间如此紧张，真是不小的考验。特别是青花缠枝莲是点工的画法，又是满工，一百五十块，一块一块画下来，时间肯定来不及。

少文说，画面要简单一点。忽然就想到雍正斗彩的群仙拱寿图盘，绘水仙、南天竺、灵芝及洞石，画面清雅，很是代表雍正皇帝的品位，我们素来都很喜欢。而且说道起来，八〇届的学长，很多

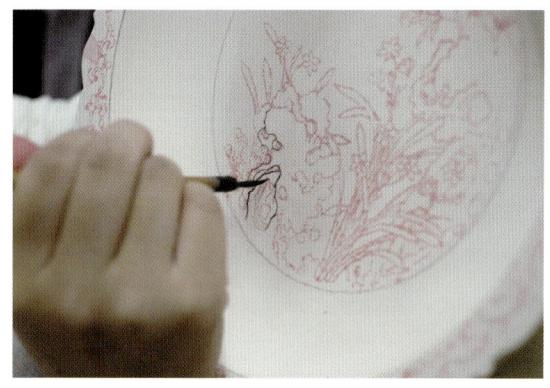

盘子上绘水仙、南天竺、灵芝及洞石，画面清雅。

都已有杰出的成就，可算"群仙"，而寿可代表同学情谊的长久。后来产品的文案就是这样写的。众人喜悦，皆大欢喜。

于是便定下这个方案。立即开始制作。

看上去只是一块青花盘，工序上却很是繁杂。从成型开始，至绘画烧成，就时间上来说，就至少要五天。这只是说我们全力以赴，只做一块盘子的情况。实际的生产，既有数量的要求，还有天气的影响，更有各个环节的衔接与配合。比如遇上连绵的阴雨天，拉好坯后干不了，后面的工序就无法进行，一拖就不知道什么时候。

不过好在这个盘形，我们还有一些现成的坯，不用等待拉坯与利坯。坯体的处理，只要从削口开始。

这块盘，口沿处像莲花的花瓣，需要一点一点雕刻完成，是专门的一道工序。这道工序自成体系，历史悠远，早期陶瓷

上的装饰，很多就是用刻划的手法来完成。这里却只做一点辅助的装饰。

雕刻完成就要进入最核心的环节，也就是青花的彩绘。青花是釉下彩，直接用青花料在坯上画，画好后施釉，再入窑高温烧成。说起来是彩绘，似乎找个匠人画就行，殊不知，单是这一块盘的画面，就至少需要三到四个师父分工完成，涉及三四种青花彩绘的工艺。

首先当然是主体的群仙拱寿图，水仙山石之类。画法基本是国画中的白描。四周的纹饰虽然也要白描勾线，但这一类辅助的纹饰在行内叫画"边脚"，和主体画面比起来，要低一点，独立成画工中的专门工种，至于画山水画人物，就更是不同的工种了。

国画勾线之后，当然还要染，这道工序在青花瓷上叫"分水"，是非常特殊的一道工序。用的虽是毛笔，却不是笔沾料水直接去画，而是以笔尖引导料水的流动，将所绘的部分填满。清代官窑还发明一种特殊的工艺手法，就是以点的密集程度来表达浓淡的变化，叫点工，极为费时费力，又是专门的一道工序，这块盘中也有局部的运用。

所以看似并不复杂的一块青花盘，工序上却如此复杂，也正因如此，才创造了景德镇陶瓷的辉煌历史。

一路加班加点，因为还要制作一张纪念卡片，所以赶在9号烧制出了第一块样品。拍照，制卡，脚步不停。虽说制作上都还顺利，17号的聚会，到15号才烧出了一百三十块，立即发运到南昌，怕万一运输出什么状况，耽误了时间。剩下的16号开窑，当天再寄一回。紧紧张张，总算在活动之前完成了任务。

后来我问吴晓师兄，大家的反应如何。他说会上倒没什么反映，同学聚会热闹，也没在意一个纪念品。只是在南昌的同学看到，很不屑地说是贴花，觉得没什么意思。江西人虽然会在历史书上引证景德镇的骄傲，现实之中，却往往自以为熟悉而轻蔑，每每遇此，常生出几许悲凉。不过，聚会结束各自回程，打开慢慢欣赏，倒是有不少同学觉得惊喜。令人安慰。

聚会前，曾有师兄邀我参会，为大家讲讲制作的过程，也是很好的文化传播。无奈有其他的安排，未能前往。如果在现场讲讲，更会是不一样的景况吧。

陶瓷文化的传播，任重，道远！

"群仙拱寿"青花瓷盘

"苏宁"当自强

昨天下午，杭州自强兄到，今天上午逛了会儿"窑子"（逛"窑子"这件事在景德镇就是去逛古窑，早些年我还在机关工作，有一回几个同事到景德镇出差，大家商量下午没事去干嘛。有人说，去逛"窑子"吧。一女同事惊诧莫名。），准备下午写字。中午回来恰好苏宁兄（好吧，苏宁兄姓徐，他真的叫这个名字叫了四十多年）也在，早已经画上了。

午饭后大家喝会儿茶，开始做作业。

架势一摆就知道是学霸。当然风格很不相同。

苏宁兄是典型南方人，温文尔雅，和声细气，举手投足都是三好学生样子。

要不是我见识过他的水平，自强兄把手架在一堆书上写小楷自然很让人看不起，他也挺不好意思，我还没问就说有一次在酒吧喝酒跟几个当兵的打架，按住一个在地上狠揍，揍几下手忽然抬不起来了，原来用力过猛脱了臼，后来一直就没好利索。我说你肯定打的是文艺兵吧。不过说实话，他长得就很不安分，个子不高还那么壮实，的确有点不像好人。但这确实很让我羡慕，谁从小还没点行侠仗义的武林梦？

自强兄的父亲与启功先生、沙孟海先生这样的一代巨擘都过从甚密。"小时候家里很多与启老沙老的通信，太小没当回事，搬家搬得一封都没了。"因为家在杭州，常被父亲领着去向沙老求教。沙老看了他写的字直说，挺好挺好，就是要再多读读书。那时候小不理解，读书与写字有啥关系？到了成年才懂得老先生

苏宁兄画的杯子

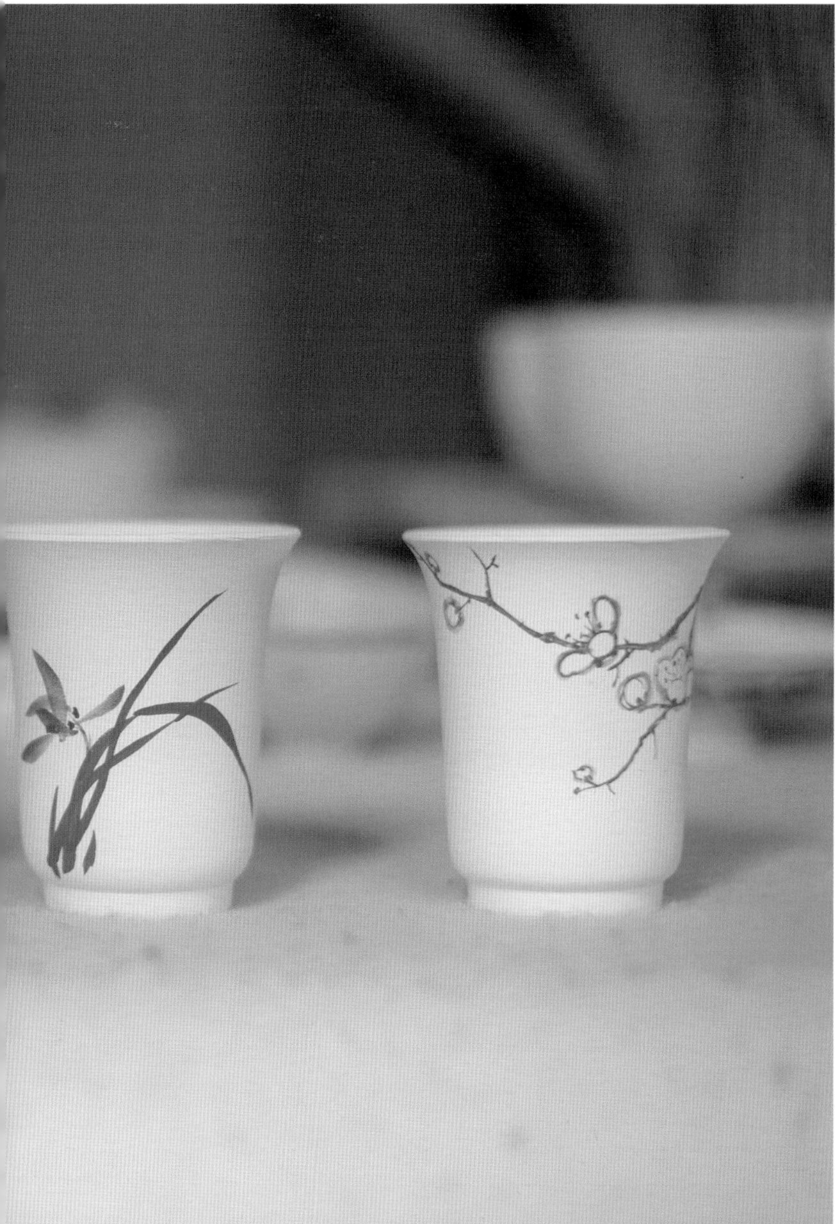

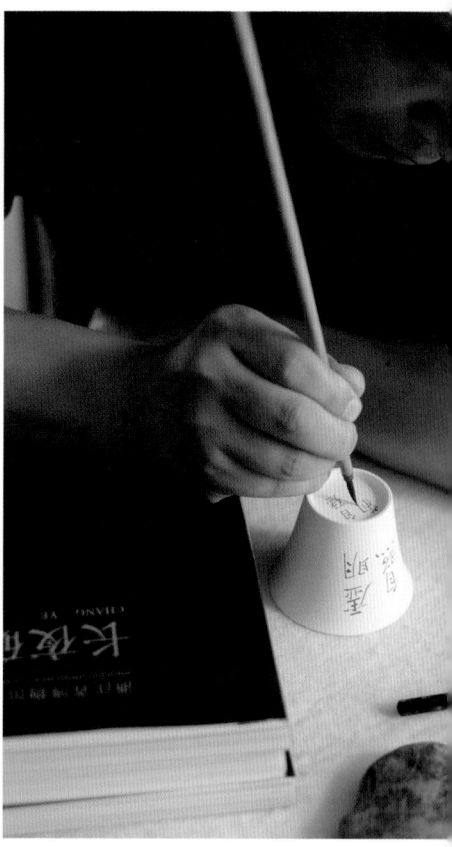

要不是我见识过他的水平,
把手架在一堆书上写小楷自然很让人看不起,
他也挺不好意思,
我还没问就说,有一次在酒吧喝酒跟几个当兵的打架,
按住一个在地上狠揍,
揍几下手忽然抬不起来了,原来用力过猛脱了臼,
后来一直就没好利索。

金针渡人。因为出道早，也混书法圈子，时间久了越来越觉得不是味儿。"风气乱了"，于是退出书协，不再痴迷于道上。又从稳定的国字号单位辞职，做起了证券投资。现在也不经常写字，但手不释卷，于书法，不离，不弃，日有进益。

苏宁兄因为娶了景德镇的媳妇生了娃，在景德镇待得年头长。画瓷画了很多年，因为国画的底子好，比景德镇的诸多大师功夫好上几条街。对于外地画家来景德镇画瓷这件事，多数本地的"大师"会祭起"他们虽然画得好但不懂工艺"的大旗，令人毫无还手之力。工艺自有其复杂性，但总的来说在画这件事上肯定没有那么难，难的还是画。不过要是遇上苏宁兄这样的，就没什么好说的了，画得又好，还懂工艺。不过，最后的底线是：你不是大师！大师这条路很长一段时间是抬高作品价格的不二法门，大家都往里挤，不过大师的称谓后来越来越跟艺术水平无关，而与社会活动能力有关，与金钱有关。去年有个北京的当代艺术家来玩儿，私下说他在北京其实还评了工艺美术大师，作品好卖，不过在艺术圈就不好意思说了，太丢人了，你懂的。

不过苏宁兄也没有什么特别远大的抱负，无论是金钱上还是艺术上，画画，画瓷，过日子。画好画，画好瓷，过好日子。于是这让他的作品安静、美好。

这次做的作业大都在观味杯上，有命题作文，也有自由发挥。自强兄算是第一次正儿八经在瓷上写字，对材料还不熟悉，时不时向苏宁兄请教一二，自然也很影响发挥。到傍晚只

烧好的青花瓷杯

写了十几个"吃饭去"的碗和几个小杯。正要搁笔,恰好上海虚一兄又到。

有朋自远方来,不亦乐乎?

有朋自远方来,不亦乐乎?

有朋自远方来,不亦乐乎?

三个人说三遍。不亦乐乎!

烧好的青花瓷杯

鱼水之欢

七夕做什么？

七夕将近，做一款什么产品来应景？大家一阵讨论。

我说做一款对杯，青花，画鱼，叫"鱼水之欢"，或者"如鱼得水"。不过"鱼水之欢"是不是太直接了？小伙伴们说，这还直接？还不够直接好不好？现在要的就是直接。好吧，就叫鱼水之欢吧。

少文说做对杯没意思，我们这次做一对的套杯吧，一大一小，小的放进大的里，套进去，你懂的。

我说好吧套杯要被你玩儿坏了那就做吧。

当然古代的套杯一组有很多个，像俄罗斯套娃，不过难度比套娃大得多，原因是瓷器高温烧成，有很大的收缩，一组下来，任何一只有问题，这一组就毁了。而且从大到小差别巨大，实用性当然无从谈起，更多的就是炫技。

两个一套的刚好，技术上虽然也有不小的难度，但还可以实施。而且实用性很强，不管是男女朋友还是两口子，一人一只，一大一小，刚好。如鱼得水或者鱼水之欢也切题，画面上却清雅，含蓄。

做坯

拉坯，阴干，利坯。

先做大杯，再做小杯。

这和俄罗斯的套娃不同，套娃得要先做最小的，一层一层往上套。但瓷器烧成有收缩，而且外壁的调整会更直观，难度也更小。所以先做大杯，定形后，再做小杯，调整小杯的外壁与大杯的内壁相吻合，就要容易一些。

说起来套杯形状是一样的，理论上就是小一号就行了。

不过小多少呢？

其实没有确定的要求，但肯定是要能放进大杯里，但又不能太小，那样看上去也不像套杯。好像你把最大的套娃和最小的一个直接套在一起，那还叫套娃吗？

不过有一点是肯定的，那就是小杯放进大杯里，杯口要平齐。

利完几个坯后，我让美编超妮去拍几张图片，小的放进大的里，她一看，说是不是有问题啊，这样放进去一看口沿不平啊？

我说别大惊小怪，现在平了，烧出来就平不了了。

为啥？

你想啊，这是没上釉的，上了釉，釉有厚度啊。

噢，这样啊。

当然还不止这样。

还有什么？

还有什么就是技术秘密了。套杯最难的就口沿的平齐，特别是这种杯形，古代没有看到过套杯，能看到的基本上就是直壁马蹄的杯形，直上直下，比较容易把握。我们做这款杯形，是有点

笔 记

先做大杯,定形后,再做小杯。

只画鱼。没有水。没有水却要叫鱼水之欢。

求自虐了。

这次是不是能成功，还要烧出来才知道。

画坯

坯利好，阿萍开始画。画鱼。只画鱼。没有水。没有水却要叫鱼水之欢。这就是中国画的高明之处，留白，不画水而有水。如鱼得水。

这个鱼纹以前做过一款"静游杯"，筒形、直壁，像酒杯，还曾作为上海海关赠送韩国釜山海关关长的礼物。

鱼纹当然不是什么复杂的纹样，不过想要画得好，也不是容易事，虽然是纹样，却要画得生动，活，像画画。可又不是民窑的随意，还要工整。

不过因为杯形烧出来能不能套得好，心里还不是十分有把握，所以不敢多做，先画几十对。

杯子上为什么还要加点红

杯子的画面空灵，多是留白，但总觉得缺点什么。商量了一下，觉得还是压个章。既不破坏构图，又是一个很好的映衬。

这个匠人的活儿落在小徐身上。

小徐去年毕业时在微博上认识我，问我能不能让他来景德镇工作，我看他平日对传统文化极感兴趣，中学还自学过裱画，就说你来吧。原打算毕业先过来玩儿几天看看，结果直接装好行李就来上班了。

可前几个月突然说家里非让他回去干工程，他得辞职跟爹干。我说反正你还年轻，回去干干也没什么不可以，保持自己的爱好就好。

前些天忽然微信我说实在不想干已经跑回景德镇了，不知道还能不能回公司，我说你回来吧。

小徐传统文化的爱好很广，几乎没有不感兴趣的，书法也写了好些年，手头功夫不错。

虽说只是画个小章，实际也马虎不得，画虎不成成了败笔就画蛇添足了。位置也不能太随便，本来落款落印就很考验画家功力。

好在小徐底子不错，交给他放心，还省了匠人的工资。一举几得。

"鱼水之欢"之欢

这款杯子是我们新窑正式烧窑的第一窑。

凌晨一点熄火。

下午一点，还未完全冷却，轻轻打开窑门，拉开一条缝，可以看看大致的情况。

鱼水之欢的杯子都放在中间部分最合适的窑位。因为画着青花,色调上最抢眼。一看,发色很好。一块大石头落下一半。

等炉温降到一百度左右,戴上隔热的手套,拿几只出来试试。不错!

这款产品本来打算在七夕之前发布的,因为中间的调整,现在当七夕的礼品是来不及了。烧制一款新器,其间的困难与问题,实在是一言难尽。

不过,烧得这么好,一切的努力没有白费。节日与否,不过是个陪衬。

庆祝一下,这是我们"鱼水之欢"之欢!

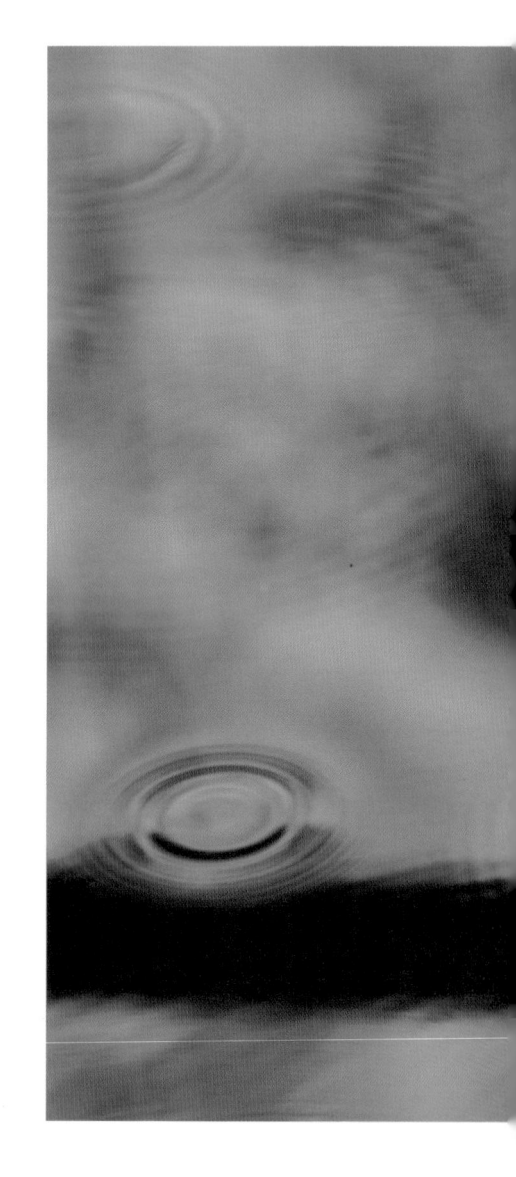

"鱼水之欢"杯

鱼水不欢

"鱼水之欢"终于完成,此前已是一波三折,开窑时看到发色很不错,觉得一番心血没有白费。

制坯的时候,少文时刻不离,不停地与利坯师父沟通、调整,好不容易把大杯小杯完成之后,套在一起看上去很不错,哪知道少文一拍大腿:"坏了!"再拿尺子一量,得到了印证。套杯的尺寸计算有误。这一批怕套不好了。只好重做小杯。

说起来容易,重新做坯又是一整套流程,风险更大。屋漏偏逢连夜雨,利这对杯子的小王家里有事请假离开景德镇了。只好换师父代替。虽说做杯子轻车熟路,但做套杯实在是有难度。

起初是想赶在七夕之前上架,这样一折腾就悬了。

硬着头皮往下做。重做好杯后,阿萍画鱼,小徐落红印,老陈吹釉,一步一步倒还顺利。

等到开窑的那一刻,大家觉得一颗心落地了。拿了几个出来拍了照,套在一起比了比,都还满意。

正好是周末,就没急着把窑内的瓷器全部搬出。转过天来,清点成物,问题又来了!

小杯放在大杯里,大部分配得不够好!开窑时拿的,刚好是配得好的。

起初觉得是不是配对配乱了,可调整以后,配得好的仍旧没有几对!

什么原因？分析下来，大略是两条，一是两次做坯的时间不同，用的泥料也不是一批；二是不同的两个师父利的，虽然是在统一的指挥下完成，但个人的习惯和手法难免会有些差异。这些不被觉察的细微差异，在烧成之后会被放大，单独看，杯子烧得很好，配成套杯，就不理想了。

怎么办？重做！

又一轮

拉坯，利坯，画坯，上釉，烧窑。不过是在细微处做调整。没什么惊心动魄。十数天努力。再烧。

仍不满意。

再而三

终于成了。

似乎早知道了结果。仿佛水到渠成。

不过是水到渠成。

家旺师父
的意见

从去年11月搬进新址，已整整一年。一个新家，添置家具，局部改造，功能完善都得慢慢来。一年的时间，似乎还没做什么，就过去了。

　　一楼的美术馆初具规模，窑也建好，过两天要满第六窑。很多想法，一步步实施。

　　此前一直有建一座柴窑的想法，忙碌中，一直没提上日程。昨天偶又提起，觉得是时候了。

　　我跟少文说，请下家旺师父，看他什么时候有空，来实地看看。

　　家旺师父姓胡，是把桩师父，国家级传统陶瓷工艺十大传承人之首。

　　外界很难了解把桩师父的角色，觉得十大传承人，排排坐，你坐最中间。但其实在古代，完全不是排排坐。一个作坊里，把桩师父，根本就不只是负责烧窑环节的师父而已。他把的这个桩，其实是整个作坊的运营。相当于总经理还要兼技术总监，用现代的话说，CEO，CFO，CHO，CTO，差不多C所有的O。反正除了大老板，人财物一把抓。

　　所以，古代一个作坊老板要运营好一个作坊，其实只要请好一个人，就是把桩师父。

　　家旺师父几乎是老一辈把桩师父里硕果仅存的了。古窑复烧，窑神祭祀，申报吉尼斯世界纪录等最重要的文化活动，最前面的，总是他——精神矍铄，精力旺盛，完全看不出是年已七十的老人。当然镜头里，最前面的常常是马未都、唐国强等明星，但就是在他们眼里，最前面的，仍然是家旺师父。

中国古代柴窑烧造最后的辉煌，也就是在他这一代人身上。新中国成立以后，烧柴改为烧煤，而后又进化到气窑。他的师父，见不到气窑；他的徒弟，见不到柴窑的辉煌。因为十大瓷厂的解体，除了古窑作为传统文化保护的典范，每年还会烧一窑，其他散落民间的小窑，处于半地下的状态，屈指可数。

我们一边参观展厅和院落，一边聊着。

"我们想把窑建在这里。"指着院外竹林的斜坡，我对家旺师父说。

"您觉得行吗？建什么样的窑好？"

家旺师父一边看，一边大致地估算了一下面积。想了想，跟我和少文说：

"这里建窑当然没问题，不过肯定要把坡垫高，略低于这个院子也行，拉平也行。"

"这个面积，建镇窑小了点，而且镇窑要求的产品种类太多，温度低的地方基本上烧些粗陶，现在都没什么人做，古窑里的那些窑位，每次烧的时候，其实也都空着。所以建镇窑也不太合适。"

镇窑是景德镇窑的简称，以松柴为烧料，也叫柴窑。现代很多人把烧柴的窑都叫柴窑，特别是陶艺创作中有这样一类，实际上和古代的柴窑完全不是一回事，烧造的难度也完全不可同日而语。镇窑是古代陶瓷史上最成熟时期的窑炉结构，一直到20世纪90年代，大型的柴窑才彻底停烧。只留下古窑这样的"活化石"。

"那建什么窑？"

"可以建马蹄窑。"

"马蹄窑？"

"明清御窑厂专门有这种窑，官窑中的一些精品小件和特别大的如龙缸，就是在这种窑里烧的。古时候烧龙缸，每次烧完直接把窑顶都拆了，下一窑的缸，直接就在窑里面做，做好再把顶封上，直接就在窑里烧。"

家旺师父

"那为什么后来主要都是镇窑？"

"这种窑有它的优点，就是它里面的窑温比较稳定，温差不大，不像镇窑，窑里的温差非常大。"

"那不是比镇窑还好？"

"它虽然温差小，但也有它的弱点，就是体积比较小，做不大，相对来说，比镇窑的热效率低。"

原来这样，难怪要被镇窑完全取代，没有规模效应，就难生存啊，皇帝还可以这么干，民间面对市场，就完全不行了。历史上官窑与民窑，或此消或彼长，或相互促进，但越到后来，民窑的优势还更明显，因为官窑虽然技术上占主导，但民间很容易跟进，而民窑的体制上又远比官窑灵活，因而很多时候，就出现所谓的"官搭民烧"，说白了，官窑把订单分到民间，让私人的作坊OEM。

"你们这里本来地方不是太大，做的产品也集中在高端，没有太大的跨度，建马蹄窑最为合适。"

"那太好了。"

这些年，家旺师父一边带带徒弟，一边在全国对一些古窑的重建与复烧进行些技术指导。同时，还不断地搜集和整理关于古代窑炉发展演化的资料。说起古代各种窑，他如数家珍。

我们上楼一边喝茶，一边听他从马蹄窑聊到古代的各种窑炉结构，虽然我们多有了解，但经他口中一讲，又有完全不同的认识。

我忽然冒出个想法。

"家旺师父，您写本书啊，这一定是陶瓷史上的重要著作。"

"早就有人跟我说过了，没有精力啊。"

"没关系，我来做助手，文字的事，我来。也不用急，花个几年时间，做扎实，这样的书太有价值了。"

"这倒是可以。"他面露几分喜色。

写书的念头萦绕心间，也不是一年两年了，苦于无力实施。我一说，似乎又燃起了完成的希望。

"我刚好要回趟家，一周后回来，我就去您家，我们先理一个思路和框架，一点一点往里填！"

"好，好。"

又一项新的任务，又一步路要走。

新窑，新书。

打杂是个

技术活儿

吹釉、蘸釉和荡釉

上个釉，这么多说法，我也是醉了

一只小杯居然要三种釉

一日，书法家文赞兄到访。前前后后转了一圈又一圈，很是兴奋。一来风景极佳，大受感染；二来也没看过做瓷器，很是新鲜。

文赞兄是多年的老友。十余年前我还在海关上班，某日在单位的门房等车，看到桌上几幅小楷，功夫极好，很是惊讶，一问居然是他的作品。他那时迫于生计，蜗于海关当个门卫。工资很低却有大把的时间，沉于书艺。

那时新任的关长醉心书法，亦是数十年临帖的硬功夫，非老同志大学或领导干部的自我陶醉，于是着我组织单位的书协，我自然把文赞兄拉入。论功夫，他实在是令单位的同事们汗颜。我自知其非池中物。

不数年，文赞兄便离开，把书法当成了职业。又数年，我亦辞职。期间偶有电话联系，却极少谋面。我知其于书道未必有大成就，于书法教学却颇有成绩。

搬来浮梁后，文赞兄数次约我，想来看看，却总是他有时间我便不在。上月终于约定，一同从南昌来景德镇。上午他约一好友开车来接我，刚到小区，朋友的哥哥遇车祸，匆匆见面又未能成行。

此次终于到访。

看到制瓷他很兴奋，不停地拍视频刷微信。只恨未做准备，没带上毛笔，直呼下次专门来写些东西。

除了看到各种坯，一些倒扣的杯子让他很是好奇。杯底红红的，很不平整，和其他的坯的干净利落很不相称。

我告诉他说，这道工序是上底釉，上完底釉后要涂一层胶。所以看上去不平整。为何要涂胶？是因为底釉之后还要上外壁的釉，而外壁的釉和底釉是不同的。并且是用蘸釉的方法，整个杯子要浸入釉中，底上涂上一层胶也会被外釉盖住，但可以轻轻地揭去，这样底釉与外釉就可以互不干扰。当然，内壁的釉与外壁的釉又不相同，而且又是不同的施釉工艺。

不过是个小杯，却是底釉外釉内釉三种不同的釉，三种不同的施釉工艺，制瓷的复杂与精细，略见一斑。而不同的釉又有不同的施釉工艺，容后细细道来。

吹釉

老陈今天给苏宁兄、自强兄画的写的观味杯上釉，还有十几个"吃饭去"的碗。因为是青花，施透明釉，用吹釉的方式。

古代没有气泵，吹釉真是用嘴，用小竹管，口上还要蒙一层细纱布。现在有了气泵，吹釉其实不用嘴吹了，但原理还是一样。

用嘴吹气，给人细腻温柔的印象，还有一点机灵的俏皮，像在儿时玩伴的耳边吹气。

笔　记

［上］吹好釉的釉面是这样的，颗粒感很强，不过烧好以后的釉面却是平滑温润的。
［下］现代吹釉不需要用嘴了，是个进步。

古时吹釉也真是如此。

比起蘸釉，吹釉可以对釉面有更细腻的处理，使釉面更匀净。它甚至成为一个特殊的装饰手法，如古人说的"吹青""吹红"。吹青一般认为就是现在说的洒蓝或雪花蓝，而红釉中最为名贵的豇豆红，也是要用吹釉的手法。

不过现在吹釉改用气泵，虽然效率大大提高，那种精致细腻的作风已然不再，师父手持着喷枪，不必趋近于器物，只是拿着喷壶，伸出手，对着小杯按动开关。尽管吹釉的力度、方向、时间仍是很有讲究，但已然是另一番景象。

吹釉时先要吹外壁，然后还要专门对着口沿补一道釉，因为口沿薄，又是内外转折交汇的地方，不容易挂釉，处理得不好，有的地方就会没有釉，不过，即便出现这样的情况，其实也并不容易发现。

真正的高手，往往也就是在这些容易忽略的地方下硬功夫吧。

蘸釉

器物内外都要施釉，不过外壁与内壁的施釉方法很不相同。外壁上釉的方法主要有浇釉、蘸釉、吹釉几种。

光听名字不好理解，但如果知道釉是液体状的泥浆，就不难理解了。浇釉显然比较简单粗暴，基本就是往上泼，元青花时，很多还处在这样的状态。不过后来施釉的方法越来越精细，比如

笔　记

蘸釉，简直就是二指禅。

大一点的器形比如碗蘸釉，能利用些小工具，这个是微小号的"皮老虎"。

底足不能有釉，否则烧的时候就会粘在底板上，所以必然把底足的那一点釉擦掉。

底部的釉与外面的釉或者是不同的，
或者要用不同的手法上釉。
所以要先隔上一层，蘸釉之后，
把它揭掉，
再待下一步处理，单独上釉。

蘸釉和吹釉。

今天作坊里的杯子要上色釉，有祭蓝、青釉、祭红诸种。色釉一般要有一定的厚度，不太适合吹釉的方法，不像青花的透明釉。

所以蘸釉。几个指头在杯的内壁将杯子撑住，浸入釉中，迅速、准确、平稳，对手头有相当的要求。现在因为烧窑技术的改进，高温烧窑之前，先要低温素烧一遍，上施时坯体已经有一定的硬度。在古代，素坯的状态像饼干，手指撑在内壁力量稍大，杯壁就破了，更不要说还要将杯子压入釉中，平至口沿，这一过程稍有物理的常识就不难想象浮力不断增大的影响：杯体越往下，浮力越大，手指的压力就要越大。就算顺利地把口沿压到釉面，惊险也还没有结束，出来的时候，虽然开始可以利用浮力，但因为杯上挂满了釉，杯体重了很多，而釉的黏性又很强，所以

蘸釉

把杯子从釉里拉出时，又要加大手指的力量。而这些，完全依靠打杂师父手指力量的细微控制！并且，这个过程既不能太快，又不能太慢！

不过问题又来了，蘸釉的时候整个底部都在釉中，而底足是不能有釉的，怎么办？

还有一个问题，蘸釉的方式，因为一进一出的过程，釉面自上而下显然容易不均匀，特别是下部的釉容易厚，如何解决？这就是所谓的技术秘密：烧瓷易，细节难。高手过招，差的就是那么一点。

荡釉

杯子的外壁和内壁上釉的方法完全不同，内壁是荡釉。

虽然是同一个杯子上的釉，因为处的位置不同，施釉的方法不同，所以釉的配制、浓度也有差别。传统的做法，釉调好后，用两个手指一捏，再张开，感觉一下浓度粘度，还要把手浸入釉桶再出来，看釉流下的速度来判断釉的吸附性。我们仍然保持这样的做法。

少文今天得空，亲自给大家展示手艺。多年前他自己开小作坊，虽然是老板，又是打杂的，因为打杂的事多而细，不起眼，却在那些细节上体现出品质的差别。

荡釉的工序并不复杂，拿竹勺舀釉，倒进杯里，但不能倒满，然后再将釉旋转着倒出，倒完一杯釉刚好是转了一圈，然后用勺轻轻地一接那个最后挂釉的点，叫找釉头，整个内壁就上满了釉。

想象一下釉从内壁旋转着滑出的状态，很有点优雅灵动的韵味，对匠人手头的功夫也有一定的要求。不过现在很多人图省事，装釉的时候，倒进去满满的一杯釉，然后直接翻倒出来，简单粗暴。这样的釉面烧成之后显得死板，不过外行也看不出来。

真正的功夫，往往都是在人们看不到的地方下的吧。

找釉头是传统荡釉工艺的小细节，
很多年轻人都会，
就算知道也以为是不必要的讲究，
其实是大有文章。

拉坯不是
人鬼情未了

拉坯是陶瓷手工成形的第一步，是泥土走向精美陶瓷的开始。

电影《人鬼情未了》里女主人公做陶艺，展现的就是手工拉坯。电影里拉坯的过程显得非常优雅，结合浪漫的情节，令人印象深刻。没有生命湿润润的泥团，在双手的抚摸下，温柔乖巧，顺从地随着双手一边旋转，一边慢慢升高、延展、合拢、弯曲，最后形成具灵性的器物，有了生命。

不过对匠人而言，拉坯却是个辛苦的手艺。不但要求有高超的技艺，还需要非同一般的体力和力量。古时候拉坯师父要用一根棍子来拨动轮车转动，拨得再快，也会很快慢下来，所以一会儿就得拨，差不多拨的时间比拉坯的时间还多，而且拉坯和拨动轮车无法同时进行，所以也不会要徒弟来代劳。

在景德镇，传统拉坯师父，几乎可以一眼认出：他们双臂粗壮，双肩耸起，背弯，身体前倾，一如他们拉坯时的姿势。这是长年辛苦劳作的结果，哪有什么浪漫的影子。理想丰满，现实骨感，总归如此。

手工拉坯的工序要在轮车上完成，古时的轮车靠人力转动，稳定性也较差，对手艺的要求就更高。后来出现了电动的轮车，减少了人力，提高了效率，也增加了成形的稳定性，是一大进步。刚开始出现的电动轮车，整体的结构仍然模仿古时，比较大，常常还有一个整体的高台，轮车在中间，拉坯师父坐在台上，整个轮车划定了一个独立的空间，拉坯师父俨然王者，君临

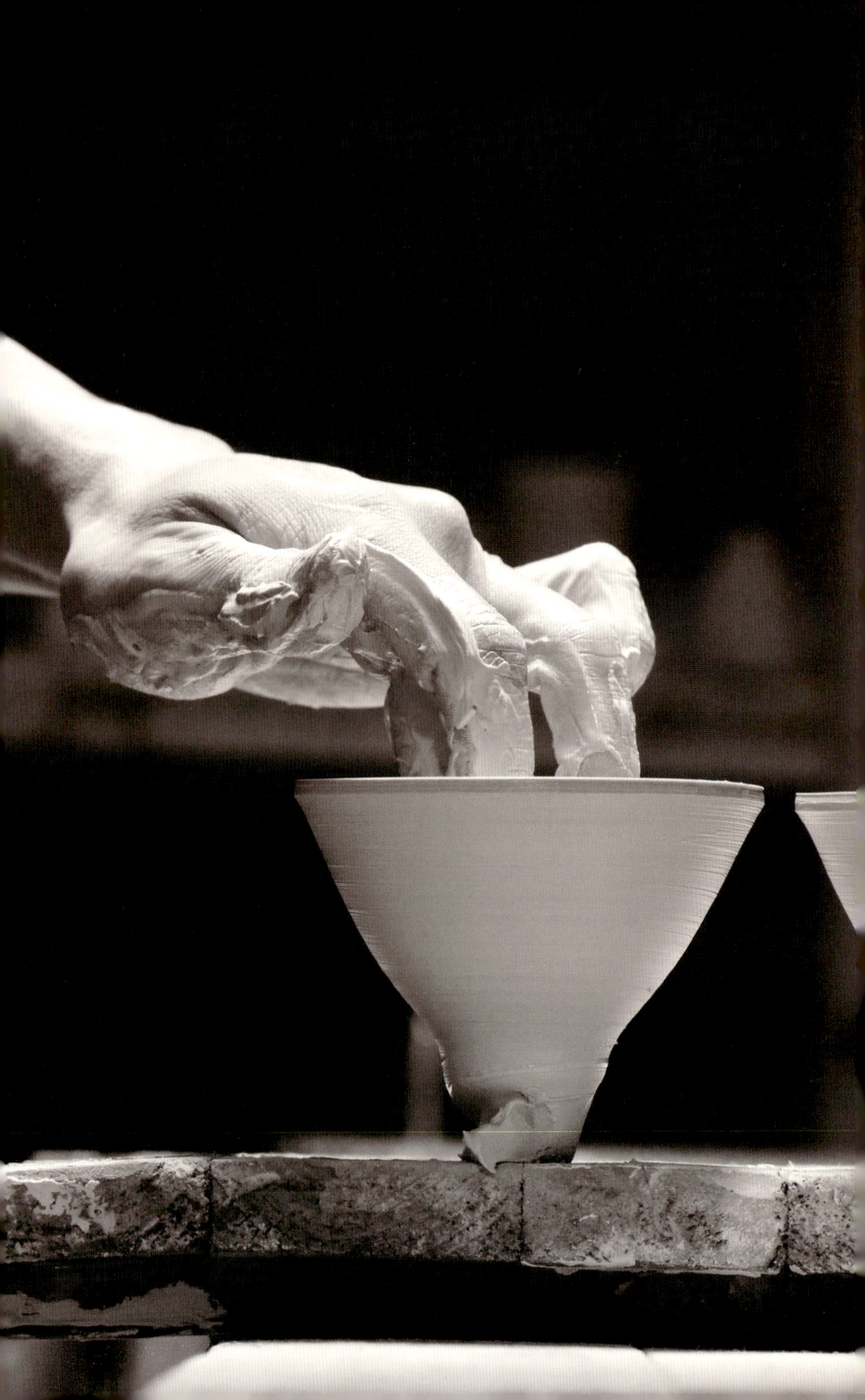

拉好的坯

[上]拉坯虽然是成型的第一步，但同样要抠细节。

[下]高水平的制作，拉坯要保持严格的标准。

笔　记

拉完一个坯，就码一个到板上，码完一板就端走换一块空板。

天下。制造一件件精美工艺品的征途，由此展开！

　　进一步的发展，把电动机的部分做了精减，并独立了出来，体量上减小了很多，最小的电动拉坯车，所占面积不足四分之一个平方米，移动也很方便，随便搬个小凳，边上一坐，就可以开始工作。不过这样一来，过往的气势神韵，已荡然无存。手艺还在，灵魂却不相通，工匠成为工匠。我见过一些老师父，仍保持着传统手艺人的灵魂，不像匠人，却像艺术家。技进乎道，与此有关吧。好的拉坯师父，游刃有余，自然生出手作的美感，很有几分优雅的气度，常常一动手，就像在舞蹈！

　　近世科学昌明，工业进步，诸多传统的手工为机械代替，没有了生存空间，很多手艺就此消亡。手工制瓷亦节节败退，退守陶艺和仿古。而日用的生产几乎尽数被工业文明所占据。所幸景德镇的传统陶瓷工艺仍然保持着强大的生命力和延续的传承，即使在那些最为困难的年月也从未中断。如今，景德镇仍然有一大批的高手匠师，隐于民间。

　　不过，问题仍然不可回避。工业文明的大环境下，手工工艺的价值为何，能否保持其有尊严地生存、延续乃至发展，这个问题非独景德镇陶瓷。对此，日本学者柳宗悦先生有一段感人的文字："手总是与心灵相连……所以手工作业中会发生奇迹，因为那不是单纯的手在劳动，背后有心的控制，使手制造物品，给予劳动的快乐，使人遵守道德，这才是赋予物品美之性质的因素。

所以，手工艺作业也可以说成是心之作业。"

幸运的是，随着传统文化的复苏，人们对传统手工制作，以及对其所包含的工艺、文化和传统的热情，与日俱增。年轻的一代，不再排斥成为手工制瓷的匠人，甚至如画坯，已然成为颇有吸引力的行当。

我们的团队中，就有非常年轻的师父，对他们而言，这将是一个很好的时代，甚至是历史上最好的时代。因为匠人不再是底层的代名词，甚至是这个时代的一个象征。我们叫它匠人精神。

在景德镇，传统拉坯师父，几乎可以一眼认出，他们双臂粗壮，双肩耸起，背弯，身体前倾。一如他们拉坯时的姿势。这是长年辛苦劳作的结果。哪有什么浪漫的影子。理想丰满，现实骨干，总归如此。

画坯不是
画画

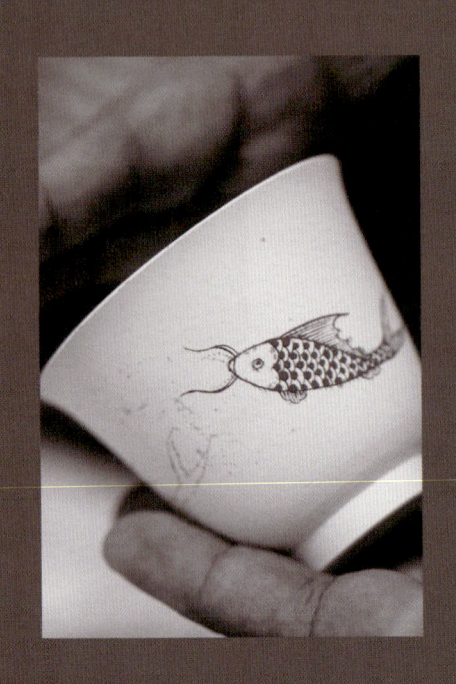

画坯其实算不上是陶瓷制作中最难的活儿，却是视觉的焦点，所以古人说制瓷"首重画工"，就是因为一件瓷器摆在那儿，首先吸引你注意的，还是画。

不要以为在陶瓷上画画是件多么快乐的事情，认为离艺术不过一步之遥，甚至举出多少古代的例子，那么多艺术家画家当年也只是个匠人。然而对于画坯而言，实在就是个工作，因为在画坯上的分工实在太细了。

比如我们做的青花群仙拱寿图盘（参看《群仙拱寿》）。人们很容易想当然以为一个好的画坯师父就可以画完，其实不然。需要几个才可以完成？答案肯定出乎意料：四个人！

盘沿的一圈纹饰，在画青花中是属于辅助纹饰，行话叫"画边脚"，是由专门的师父完成。中间的画面是主体纹饰，看上去虽然是一幅画，其实也是有严格的规范和要求，又是另一个画种。并且，这两者还只负责勾线！线条中成片的蓝色又是专门的工序。这种块面的处理一般有两种方法，一种叫分水，一种叫点工。前者近似于国画中的染，而后者类似于国画中的点，用点的密集程度来区别浓淡的变化，又都是独立的工种。

更不要说画山水的画山水，画人物的画人物。这还只是青花！而景德镇陶瓷的彩绘还有珐琅彩、粉彩、五彩、斗彩等，每一种彩又会细分出诸多的工序。参与其间的画工，在一件作品完成时，我们很难想象，他会生出"这是我的创作"的自豪感。而年复一年，日复一日，只是不断地重复，重复。哪有画画的快感？

在平面上先试试手，学徒刚开始画都是在平的泥板上画，画完刮掉，再画，一直把泥板刮没，再换一块。要有一定的水平后，才能在坯上画。

勾线的毛笔跟画画的笔会略有差别。

点鱼鳞要换笔。

今天阿萍画我们的"鱼水之欢"套杯。阿萍是少文老婆,多年前开作坊时,就是少文管生产销售,阿萍画坯。她一直画纹饰。刚到不惑之年,已经是比较严重的颈椎病,眼睛也极易疲劳,都是长期画坯的结果。这些年公司发展还不错,她就很少画了。

这次的鱼水之欢,是少文设计的套杯,数量不多,画面也极简单,于是请阿萍出马,毕竟是老师父,工夫不是一般年轻匠人可比,又是夫唱妇随的作品,与内容还贴切。

虽然只是画鱼的纹饰,却并不简单地凭经验随手去画,仍然需要一套完整的流程。第一步先要打图,跟PS里的抠图差不多,当然是手工。然后就是拍图,把大体的轮廓印在坯体上。看上去,只是一连串的小点。最后再进行手绘。这样画出来的纹饰统一、规范。

不过因为只是个轮廓,是否生动活泼,特别是烧出来色调是否一致,线条是否流畅,就是对画坯师父的一大考验。因为青花料是矿物原料,画的时候就在不断沉淀,而毛笔沾料水画在坯上,前后的色调也容易发生变化,所以既要流畅又要色调保持一致,本身就是个技术活儿。你如果在一旁看画坯,就会发现画的时候,总是要不时地用中指弹一弹笔杆,就是为了让青花料往笔尖上走。

同样的画面,同样的线条,盯着画上一整天。

颈也硬了。

眼也花了。

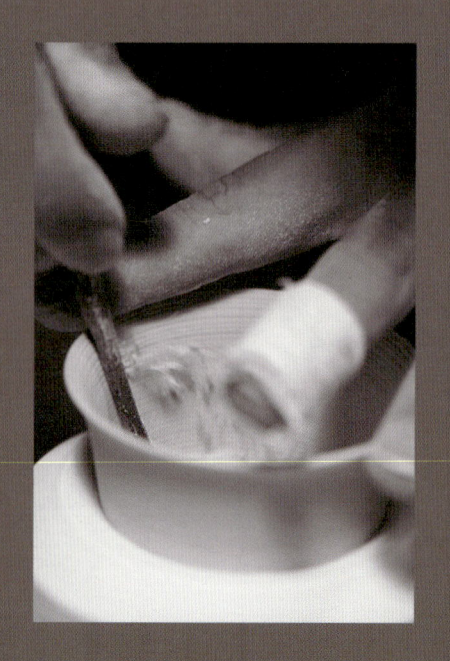

利坯

由于拉坯完全依赖于双手，成型后的坯体表面相对粗糙，要制作极为精细的瓷器，会显得力不从心。所以后来出现了利坯这项技艺，使陶瓷成型的精细化程度大为提高。

利坯又叫修坯，是手工成型的第二步，也是精成型的过程。和手拉坯一样，利坯也是在轮车上完成，坯体在旋转的过程中，用特制的金属刀具（利坯刀）对坯体进行精修。远远看去，有点像在高速的电轮上打磨刀具，只是飞溅出来的不是火花，而是粉尘。

拉坯必须在泥湿的时候进行，而利坯则需坯体干至七八分时才可以操作。这时的坯体有点像软饼干，拿起来没问题，但稍一用力，就成了粉末。要把一个碗或盘之类的坯体利得又薄又均匀，这对利坯师父的技艺是个考验。稍有不慎，就可能利破坯体。

不过这只是表面上的难度，真正的考验要到入窑以后才能见分晓。拉坯师父的工钱可以即时给付，比如拉了五十个碗，一个两元。师父干完活拿一百块收工，但利坯师父却要到烧窑结束以后才能领到工资。原因是，根据行规，如果坯胎烧成瓷后，变形、破损的瓷器是不算工钱的。如果手艺不好，十个烧出来的瓷器有五个变形或破损，就只能拿到五个坯的工钱。所以，一个利坯师父水平的高低，还需要以烧成来考量。

利坯的作用一来是使器形更为精确，二是使瓷胎表面更加平整，三是使瓷器更薄。这道工艺的产生，就成型而言，是陶瓷史上的一个重大的进步，也是陶瓷工艺不断发展的结果。这项进步，工具的革新起到了决定性的作用，这就是利坯刀。实际上，根据不同的器形，乃至不同的部位，都需要不同形状的利坯刀来完成。以至于在历史上产生了一个专门生产利坯刀的特殊行业：坯刀店。它完全从铁匠行业中分离出来，并形成了独有的行业规范。

比如我们在古代想要开一个作坊来做瓷器，我们当然要选择一家坯刀店来提供利坯刀。但这个选择权只有一次。一旦选定，除非关门大吉，否则不能另选他家。行规里还有更多的细节，我们无需一一列举。

这些行规是如何形成，如何发挥作用，无关宏旨。只是从这样一些小细节上，我们得以管中窥豹，想见在历史上，景德镇陶瓷的生产是如何高度细化了分工，并形成了完善详细的行规、制度，来处理、应对从生产到销售每一个细小环节可能出现的问题，从而使得景德镇陶瓷在全世界范围，在数百年的时间跨度内，独占鳌头，独领风骚！

利坯

打杂是个
技术活儿

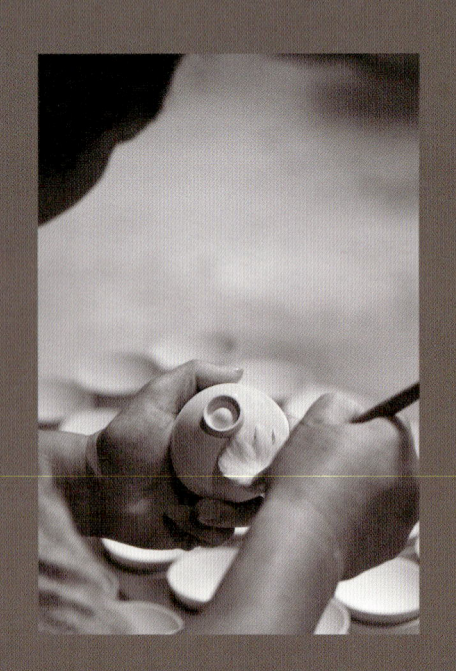

陶瓷制作里有一个工种叫打杂，叫起来很Low，其实是极为重要也相当有技术含量的工作，包含了补水、荡釉、吹釉以及一些看似不起眼不费工又不可缺少的工序。

老陈是作坊里负责打杂的师父。1970年生人，是70后的老大，女儿已经读大学。老陈年轻时在一个小国营瓷厂上班，做陶瓷机械修理的工作，后来国营瓷厂纷纷倒闭，连辉煌一时的十大瓷厂也在一夜之间解体，老员工散入民间。小瓷厂自然更是无以为继。好在那时候倒还年轻，跟着少文做作坊，实际上是重新学手艺。老陈心细手也稳，打杂的活儿上手很快，一干就是十几年。

我跟少文说，你能不能跟老陈一起把打杂的所有事项理一遍，看看到底有多少个环节。他想了想说，试试吧。

打杂的工序基本上都是在利坯完成以后烧窑前的诸多细节。

一、前期准备

1. 根据坯的需要进行分类，把需要素烧和不需要素烧的分开。
2. 清理干净坯粉，粗略检查。
3. 有接头的坯或口面大而薄的坯，先涂上一层煤油，检查是否有噘嘴和黏合缝隙。

二、素烧（红炉）

将需要素烧的坯素烧。素烧是将坯在电窑炉里低温先烧一遍，烧过之后，坯已经近于陶，对于下一步的操作和提高高温烧制的成品率很有帮助。古时候烧窑成本很高，基本上没有素烧这样的环节。素烧又分三个环节。

1. 垒坯满炉。有些坯可以垒在一起，有些却不能，能垒的垒多少、垒多高，都有讲究。更要讲究的是摆放，就是满炉，什么坯放什么地方，相互之间有什么影响，都要随机应变，因为每一窑烧的可能都不一样。

2. 烧炉。烧炉有点像烧菜，要掌握火候，急了不行，慢了也不行，不同的品类，烧的时间也都不一样。

3. 开炉。这个环节相对简单，要注意的就是慢，让窑温慢慢降下来，快了就容易出问题。

把釉倒进釉壶，釉壶是用来吹釉的工具。

补水这样的细活儿，得不厌其烦的反复做。

三、补水和内壁上釉

这是打杂中技术上要求最高也是最重要的一个环节。对于一件瓷器而言,胎与釉是最核心的部分,也是一切装饰的根本载体。拉坯利坯的环节都是胎体成形的过程,补水上釉则是对釉的处理,至关重要。

1. 整坯

A. 打砂纸(打磨掉坯体上的利坯刀痕,使坯更平滑)。

B. 补气泡(如果发现有气泡沙眼得用泥浆补平)。

C. 修整缺口(用原泥浆填实缺口)。

2. 补水荡釉

青花画好后,在上釉之前,
还要对各个细节的部分补水,保持坯体的绝对干净。

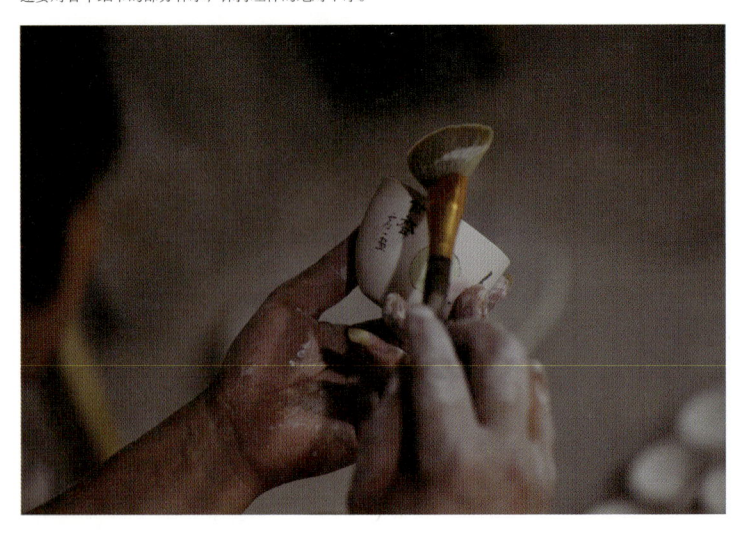

补水是用像毛笔一样的刷子沾水将胎体刷一遍，制坯的过程中，有很多个环节要用到这个工序。外壁的补水是在内壁上釉之后。一来，刷掉外壁上的粉尘；二来，内壁上釉时难免会有釉漫到或溅到外壁，特别是口沿部分，需要细心地处理，这样，外壁再上釉时，就会更平整，同时，也避免胎体出现问题。这样的工序虽然细小，稍不注意，却往往会出现严重的后果。

　　A. 内壁补水或荡水。这是对内壁的处理，就是上釉前再一次彻底将内壁弄干净。

　　B. 内壁荡釉。内壁以荡釉的方式上釉（参见《吹釉、蘸釉和荡釉》）。

　　C. 内足补水。圈足之内的底部，上釉前同样要补一次水。

　　D. 内足荡釉。也是用荡釉的方式上釉。

　　E. 外壁补水。

　　以上每一步都要待干后方可进行下一步操作。

四、上外釉、起釉及镶口

　　1. 根据操作需要，外釉或蘸或吹，也有蘸一遍吹两遍的操作方式。

　　2. 内足釉色与外壁釉色不统一时，先在足内涂上一层可撕胶。

　　3. 外壁蘸釉。外壁施釉是以蘸釉的方式（参见《吹釉、蘸釉和荡釉》）。

4. 检查内外釉上釉情况，修整釉面不平整、气泡及针孔。有可撕胶的撕掉。

5. 根据需要进行均匀吹釉（参见《吹釉、蘸釉和荡釉》）。

6. 上利坯车镶口（古代有一类瓷器口沿是酱色，叫紫金口，就是在口沿处施一层酱釉，就是这道工序；但即使没有紫金口，也要做这道工序，只是镶的釉还是透明釉）。

7. 上利坯车起底足釉（把底足的釉除去，足的底部是不能有釉的，不然烧时会粘在底板上），有些也可以用湿海绵拖底足釉。

五、满窑

满窑就是把要烧的瓷器在窑里摆满。听起来，这算不上是多难的技术活儿，不过其实大有讲究。古代满窑只是负责搬运和填装，摆在什么位置，在第几层，各个匣钵之间的位置关系是怎么样的，这都要由把桩师父来指挥，是一个作坊的核心技术。不过因为现在的烧窑比古时要容易，打杂的师父也常常参与其中。

简单地列一列，不能尽数。太多的细节对外行来说，也没有了解的必要。只是这每一个细节犹如一道道缝隙，我们都可以从中窥探整个陶瓷工艺文化的宏伟与壮观！

满窑

复窑是
个什么窑

小徐下午到作坊登记新的一窑准备烧窑的产品，看到一些准备满窑的瓷器觉得非常奇怪。

"老陈，这些是啥？"

几个盖碗上，点了几点釉，粉红色；一批杯子外面重新上了釉，因为里面没有上釉，可以看到本来就是瓷器，既然已经是瓷，为什么还要外面重新上釉，再烧一次？

老陈说："要复火的。"

复火也叫复窑，其实是将一些烧得不好的瓷器，经过一些处理，重新再烧一次，以求得理想的效果。

比如一个杯子，第一次烧时落了窑渣，可以将其磨去，再在磨的地方重新加点釉；或者有针眼或缩釉（缩釉就是因为釉的流动，瓷器烧成时有的地方没有釉；针眼可以理解为很小的缩釉），也可以直接补点釉，然后再高温烧一次。

还有如果青花的发色不理想，有的是烧制过程窑温低了造成的，叫没有烧开，通过二次烧，说不定会有精彩的表现。

但严重的问题，比如变形甚至是破损，是无法通过复窑的手段来挽回的。

小徐看到的那一批杯子，是之前烧的"鱼水之欢"的一部分，釉面的效果不好，有橘皮，所以直接在外壁上再覆上了一层釉，再烧。理论上，在1300度的高温下，上次的釉面又会熔化，与新上的釉融为一体，等到冷却，成为完整的新的釉面。

复窑一定程度上可以解决类似的问题，不过也有风险。一来复窑时烧的是瓷而不是坯，胎体的烧制过程不同。比如坯入窑烧时一直在收缩（行话叫"坯靠坯，不吃亏"，满窑时，两个坯摆得再近都不要紧），瓷却会先膨胀。膨胀的过程，可能会产生各种新问题。二来新上的釉要与之前的釉重新熔合，控制得不好，很容易惊釉，就是在釉面产生裂痕。

不过，如果烧得好，二次烧窑的瓷器会比一次烧成的更滋润，好像有的菜，剩了，再热一次，反而更入味。仿古的行当里，就常常用这样的方法来增加釉面的肥润，以期更接近于古人。那又是复窑的另一种用途了。

古代是不是有这样的做法，很难说，史料上没有记载。但是要想到这一层，没有什么难度。只是古代烧窑的成本极高，风险也大，复窑本身的不确定性就更大，在当时，未必比新制一件瓷器划算。不像现在，窑炉与烧窑技术都大大改进，烧窑的成本比起过去，也变得极为低廉。而前期制作的成本，常常会变得非常惊人，因而，这种方法的运用就变得顺理成章了。

工艺的产生与运用，总是离不开当时的环境和条件吧。

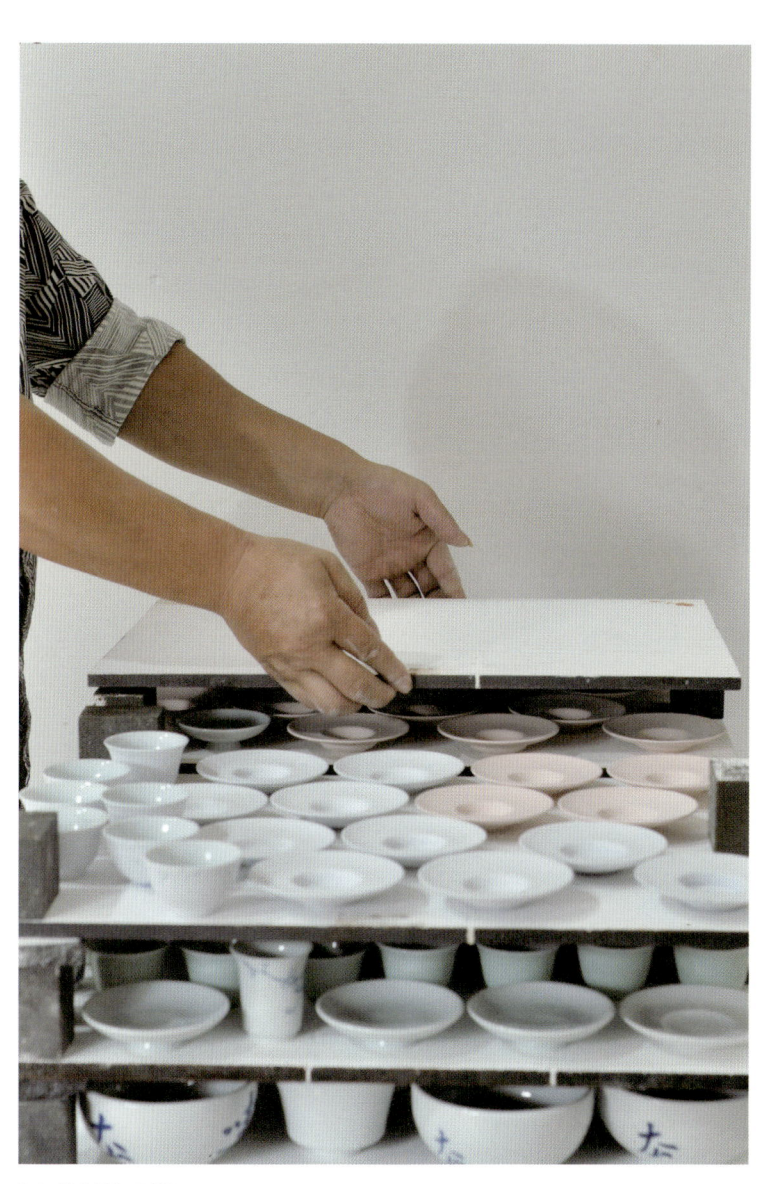

复窑时烧的是瓷而不是坯。

观味杯
写什么底款

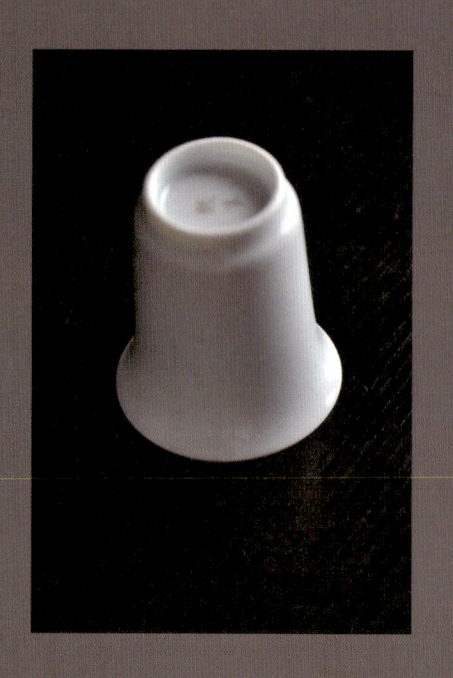

瓷器在底上写款并不是自古就有，我们经常看到拍卖会上拍卖的瓷器，底上总是有"大清康熙年制""大清乾隆年制"之类。所以如果拿到一件器物，不管专业不专业，大家总是要翻过来看看底。

实际上，在底上写款的做法成为皇家的定规，是要到明代宣德一朝之后。之前为何不写？一方面固然是技术上还有不成熟，比如我们看到元代乃至明代早期的很多瓷器，底部整个都没有釉。更重要的或许只是：没想到。

第一次出现官窑的纪年款，是明代的永乐时期。永乐时期有一款青花压手杯，历史上就非常著名，杯心以篆书写着"永乐年制"四个青花小字，不是我们现在看到的在底上。官窑写款，到宣德时期，才成为通行的做法。御窑厂皇帝烧造的瓷器，大部分就开始有款，慢慢成为定规。

不过刚开始都比较随意，比如"大明宣德年制"几个字，依不同的器物，可能出现在不同的位置，除了方便之外，或许还有装饰的意味。而明代隆庆时期的款就不用"制"，却用"造"。

直到清朝，才完全形成定制，大清康熙年制，大清雍正年制，大清乾隆年制。除了有时把"大清"二字去掉，或者把楷体换成篆书，就再也没有什么特别的变化。

当写款成为皇家固定的做法，民间自然纷纷效仿。皇帝年号虽然不能用，但民间自有办法。常见的有几类：一种是堂款，某某斋、某某堂、某某居、某某舍；一种是名款，谁谁谁清玩、谁玉不琢不成器，金不打不闪亮。

笔记

金和如玉一般的瓷器配在一起,非常好看。

谁谁雅赏；再一种吉语款就是吉祥话：仙福永享，寿与天齐，好听就行；还有一种叫花押款，类似印章中的花押印。大体上就是这些类型，当然有时候也会加上时间。

款在古代最重要的作用不像现在是商标，其实是一种私人定制，显示身份地位，提升B格，这样的做法自然延续到现在，但更多的就是商标。

比如今天观味杯上要写的观味。

第一窑烧之前，原打算写青花款，不巧原来的师父有事来不了，临时又找不到合适的写款师父。所以决定就直接烧，再加釉上款。这样万一烧得不好，就干脆不用加款了。

釉上款多用红款，不过素白的观味杯如玉的质感，配红色似乎有些配不上，所以大家商量了一下，用金款。既高档，小小的金字又隐在底上，还显得文气，而金玉满堂的意思又那么讨好。

说到陶瓷上的金，古代一直就是使用纯金，行内也叫本金。直到近代工业文明的发展，才开始使用洋金——一种化工原料来代替，20世纪80年代家庭里经常可以看到有金边的餐具，就都是洋金。

本金就是将纯金磨成粉末，然后调黏合剂（比如古代会用大蒜汁，现在常用油性材料），再用毛笔蘸料绘画、填涂或书写，然后入窑低温烧制完成。当然，用本金一定是在高温烧成的瓷胎上。

烧成后，金看上去毫无光泽，必须用玛瑙笔或细沙打亮，我们才能看到真金的本色。

  相比烧青花款，釉上的金款要烧制两遍，在古代绝无这样的可能，一来增加极大的麻烦，二来烧制本身的成本也极高，风险也有增加。不过现在技术进步，釉上的烧造改用了电窑，原理上似乎比电烤箱还要简单，烧制的难度与成本也都大大降低，我们这样的考虑才成为轻松的可能。

湿坯要
怎么弄干

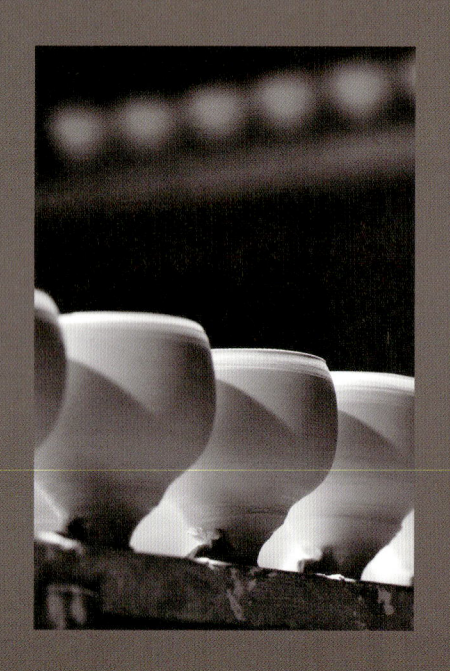

拉坯的时候，泥很湿，所以拉坯师父满手是泥，而利坯时坯就要干，脚下便是一堆粉尘。当然坯太干了也不行，含水量得要在30%左右。太干的话坯体太硬太脆不好利，利坯师父是要甩刀不干的。

天气干燥的话，坯当然很容易干，不过景德镇不在北方，既有昌江穿城而过，西边又临着鄱阳湖。其实从地名上也能看出来，景德镇属浮梁县，浮，当然是水多。实际上，大河在陶瓷和制瓷材料的运输以及瓷石的加工处理上，也确实发挥着极为重要的作用。

刚拉好的坯，还是湿的，不能直接进入下一道工序。

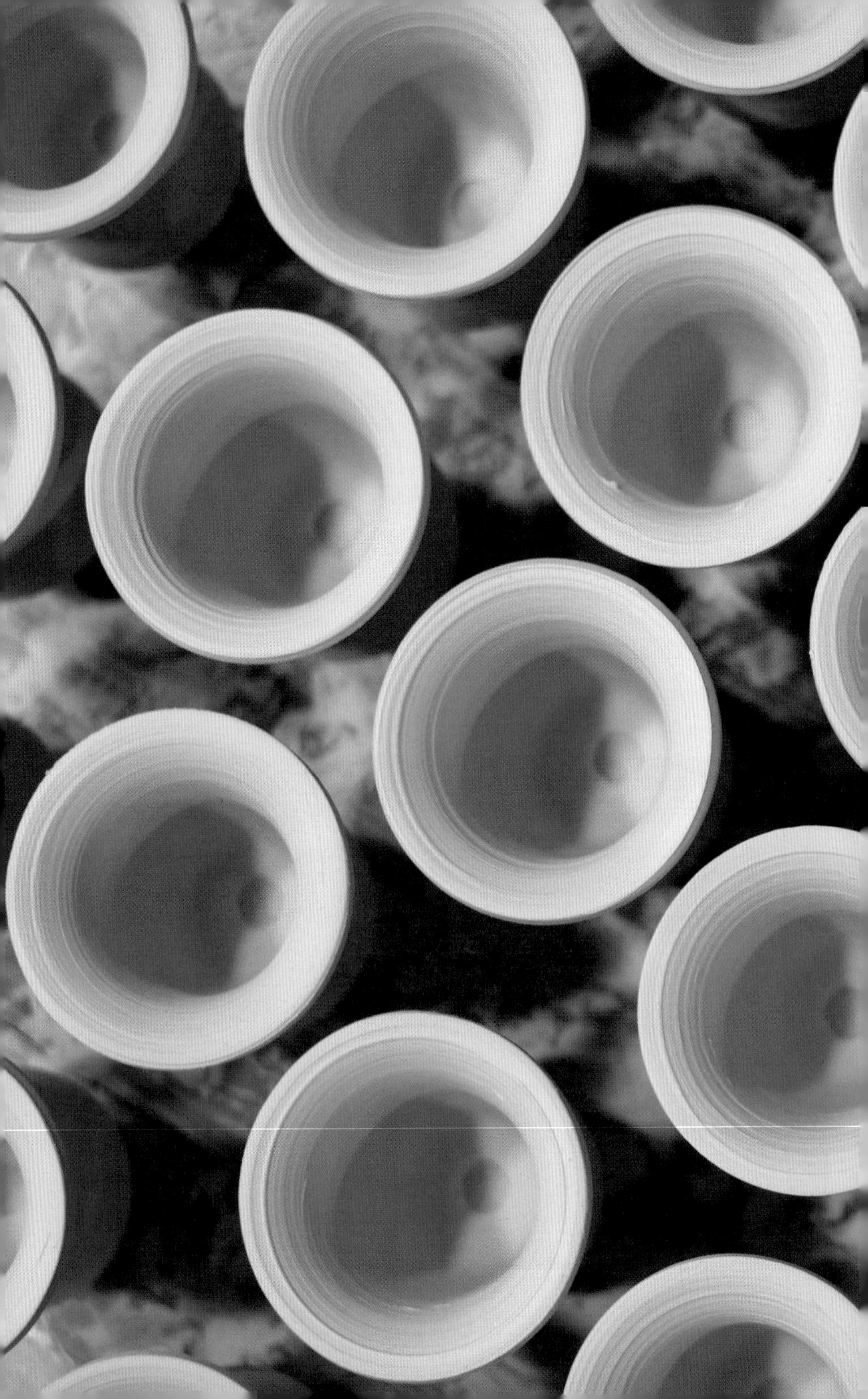

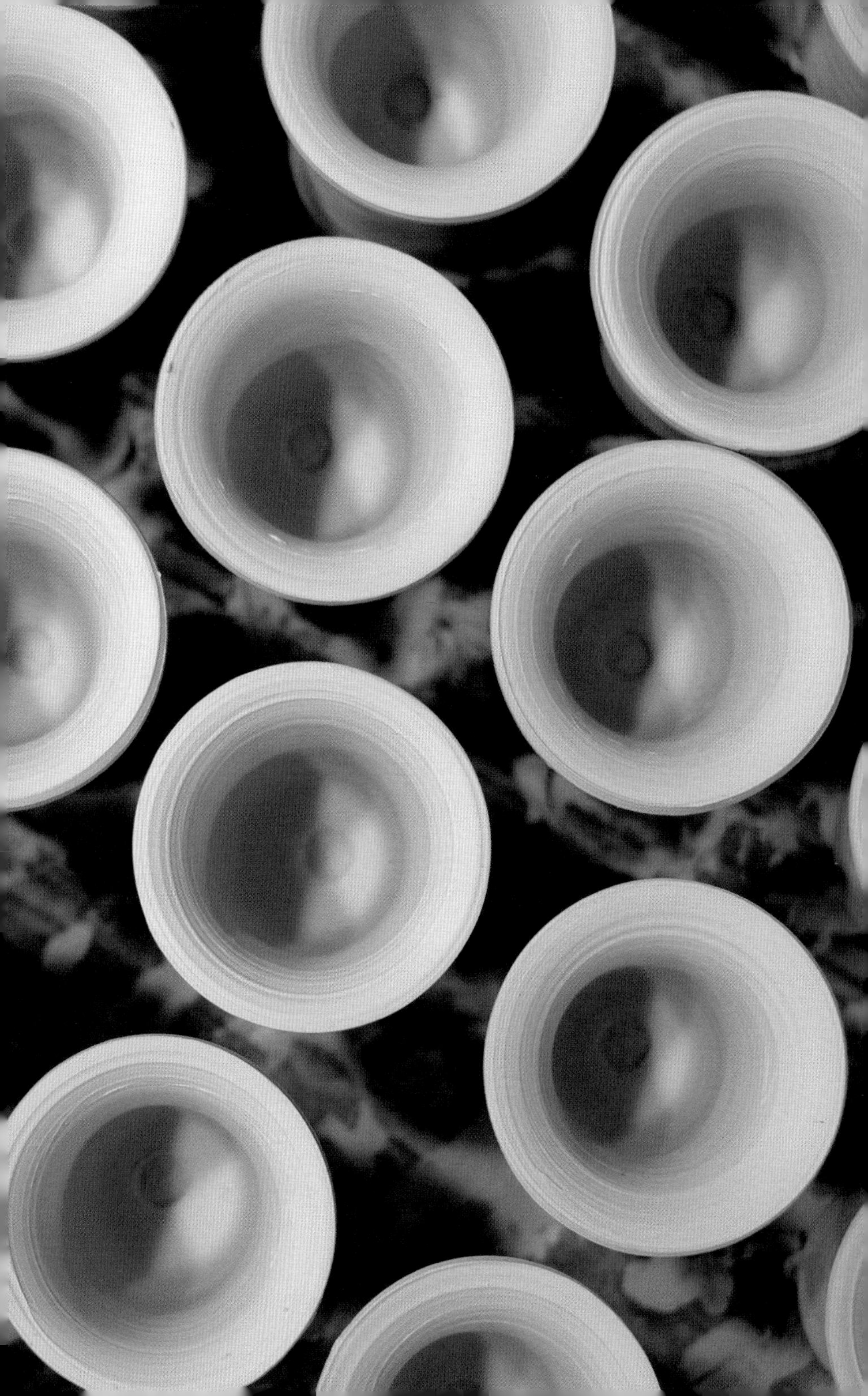

所以这里天气比较湿润，想象江南烟雨，自然是好情调好去处。不过于做瓷，就不见得是地利天时了。因为湿坯要干燥，最好的办法，仍然是阴干。

阴干当然就慢，特别是如果遇到连绵的阴雨天，就更是麻烦，所以大家也想过很多的办法。外行自然容易想到等大晴天，到太阳下暴晒。当然这早就被证明是行不通的，直接暴晒时坯体受热不均，一面受光一面没有，坯一定会出问题。实际上，所有不均匀的加速都极容易有问题，比如现在会用电风扇吹。当然这些方法并非绝对禁止使用，某些时候，的确可以起一些辅助的加速作用。

相对靠谱一点的，是弄个暖房，保持一定的温度和干燥度，暖房可以建在窑房的边上，利用烧窑的余热。

不过，不到万不得已，有经验的师父也是不会用这种方式的。这背后精确的科学解释他们做不出来，凭的只是经验。

要我说，哲学一点，欲速则不达吧。

当然，现代工业早已有完备的解决方案，但那是系统性的解决工业化产品的方法。一些方法，必然对传统制瓷业有提升的作用，比如气窑的运用已经彻底取代了古代的柴窑。但又不是所有的方法都可以简单地移植，就像晾坯，看上去远比烧窑简单得多，但就是容易那里这里出现意想不到的问题。传统工艺的进步与改造，仍是有很长很长的路要走。

而我们，就还是老实一点，码在坯房里，慢慢等它们阴干吧。

瓷 人 故 事

小范老师

小范是写款师父，制瓷的匠人师父里被称为老师的，没有。师父老了，有经验，手艺好，也只是称为老师父。不过，不知道从什么时候开始，大家叫小范总是叫范老师，或者因为他的工作是在瓷器上写字吧。

　　小范1987年生人，跟90后比当然算不上年轻，但三十岁不到要称老师父当然很勉强，但他着着实实是开始带徒弟了，自然令人不能小看。我问他什么时候开始学写款，他脱口而出是2006年8月8日，那么醒目。高中毕业，跟着爷爷学，2009年开始自己在外面接活儿。我说三年出师啊。他说不对，是两年半，2009年上半年就出来了，带着点骄傲。

　　初学写青花款，临写欧体。后来就开始写釉上款。工价更高些。

　　我们常常能看到鉴宝节目里，懂不懂总是要拿起一件瓷器来看底看款，古玩鉴定的书里也会不断强调底款的重要性。不过，对于制瓷而言，款的确没有那么重要，无非是一个标识，还是在人们一般看不见的地方。所以，写款在制瓷工序中，算不上特别受敬重的行当，技术上，也没有多么高的要求。古时候一些写款师父，可能一辈子大多数时候只是写那么几个字：大清雍正年制。活得稍久一点，把雍正改成了乾隆。

　　不过正是因为不太受重视，前些年行业不景气的时候，写款师父流失得就特别严重，等到有所恢复的时候，反倒极缺，还在做的就变得金贵，活儿也多，工价也好。2009年出师，一个月的

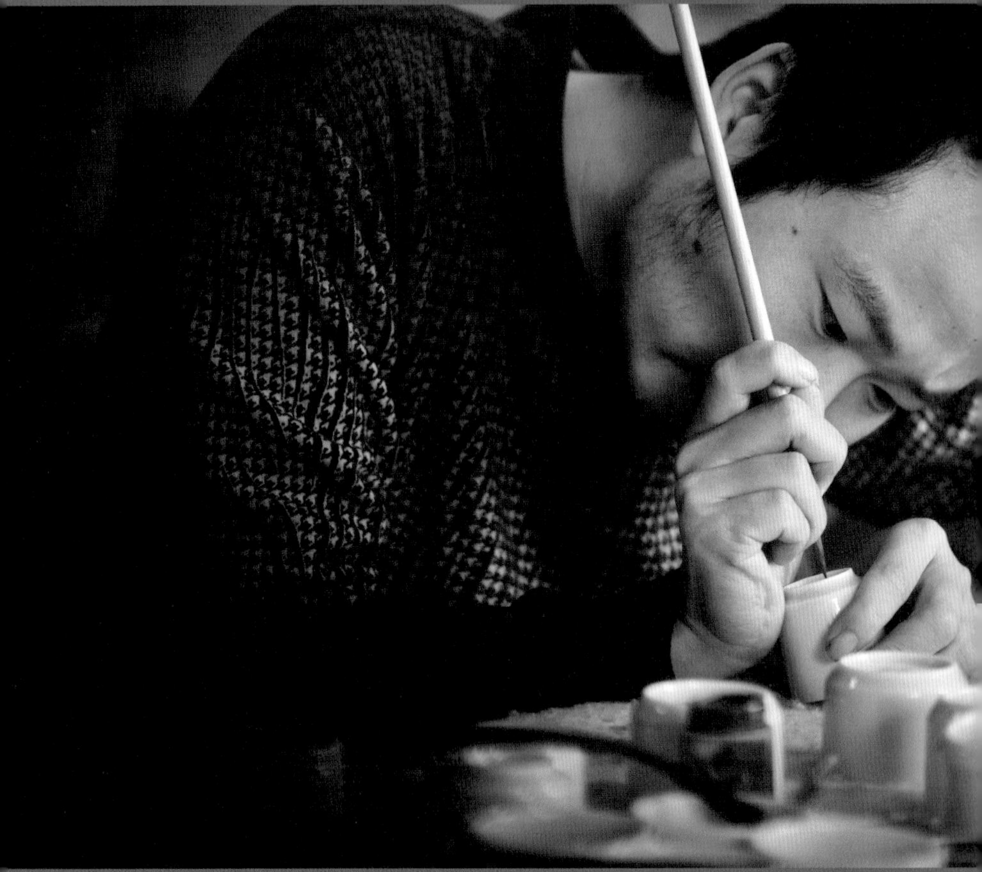

（左）要写好款，少不了认真与专注。

（上）写款师父也有自己专门的文具盒。

看上去黑乎乎的,其实是纯金。
不过纯金磨成了粉,
写的时候要调黏合剂。
一烧窑,黏合剂没有了,
就剩下了金的本色。
真的是真金不怕火炼。

收入至少是大学毕业生的三四倍,只要愿意干。

六年下来,小范就已经成为老师父了,甚至还带了徒弟。凭着这门手艺,完全可以在景德镇这样的小城市过着体面而自在的生活:有一次,写款写到一半,他忍不住手痒,放下笔,找几个小伙伴去打麻将。

对于小范,实在没有什么"前进"的动力,他从来不会把自己当个书法家,也没有那个野心,一开始写字,也不过是门手

写了金款的笔可不能随便洗,
上面沾满了黄金,
不写到废,是不换笔的。

艺。这手艺,对他来说,已经学得很好,再好,其实也未必能增加多少收入。所以有次我跟他说,可以写写二王、钟繇的小楷,他表情木然,似乎也没有听过:王羲之不是行书写得好吗?

这,也许是大多数匠人的状态。学一门手艺,有一口饭吃,在做手艺和吃饭之外,打打麻将。又或者,这样的状态,也不光是景德镇的匠人们独有的吧。

老师父的
新问题

少文告诉我说今天要做一个新的杯形。我九点半下楼去看顺便拍些照片。发现拉坯的是新来的年轻师父,问少文,熊师父呢?

熊师父是拉坯的老师父,算少文的师父一辈,第一次来做坯的时候,中午吃饭,我们刚端了饭上桌,少文马上说等等,要等老师父先吃,这是传统的规矩。今天没来拉坯,是身体不舒服吗?

少文叹口气,说来话长,忙完再跟你说吧。

中午吃完饭,我们才坐下来聊,说来话长。

熊师父其实也是半路出家,年轻时在十大瓷厂之一的建国瓷厂工作,负责压坯的工序。20世纪90年代初十大瓷厂解体,匠人们散入民间,都是仿古小作坊式的生产,压坯这样半工业化生产的工作,小作坊都用不上,没有活儿干。

好在熊师父的父亲是老手艺人。说起来,他父亲的手艺在整个制瓷行业里,也算不上是核心技术,主要是揉泥、整坯这样一些打杂的事,作为拉坯师父的附手和搭档。不过以前没有工业化的制泥技术,所以揉泥的工序其实特别重要,好比揉面,揉得不好,后面的工序就都白费。制瓷工序繁多,任何一道工序都像是木桶上的短板,特别对于高水平的制作,更是如此。而熊师父的父亲在他这门手艺里,也是个中翘楚,有个外号,叫"虾公",大名鼎鼎,行内无人不知。可以想见,虾公搭档的拉坯师父,自然也是拉坯的高手。师父姓万,特别以拉小件器物闻名。

熊师父从瓷厂出来没有活儿干，决定学一门新手艺。于是虾公就让熊师父拜万师父为师，学拉坯。这时候熊师父已是而立之年。

三年出师。

先做徒工。

又三年。成为正式拉坯师父。可以拿整份的工钱。

1999年前后，熊师父开始在少文的作坊里拉坯。一干就是十年。

2010年我和少文成立长物居，以前的作坊改成了工作室，作坊的生产就中断了一段时间。后来我们在浮梁买地盖楼，少文总想着搬过来以后再请熊师父出山。去年底我们搬进新楼，过完年就开始准备新基地的生产。一切就绪，少文就又把熊师父请来。

可是没想到，老师父却遇到了新问题。

从作坊离开以后，熊师父被一些做陶艺创作的学生请去拉坯，完成他们的设想。他们对传统陶瓷工艺既没有深入的了解，又只求尽快地完成产品，想法还多。熊师父做下来虽然游刃有余，但制作的方向不同，要求不同，慢慢的，传统拉坯的一些好的习惯和手法就丢掉了。而一旦习惯坏了，回过头来再要做传统并恢复到以前的水准，就难了。退一步说，老师父也不愿意了，对他来说不过是个吃饭的手艺，给谁做不一样。给学生们做，还更轻松，更挣钱。

就现代的手工制瓷而言，工序上早已没有什么秘密可言，拉

熊师父

拉出来的坯,看上去差不多,
水准的差别却极大,普通人根本无法分辨。

年轻师父学拉坯,不从传统的手法上开始,
就很容易把路走偏。

坯本身不是件难事，很多陶吧都可以体验。而很多年轻人看《人鬼情未了》也都以为拉坯是个简单而浪漫的事（参见《拉坯不是人鬼情未了》）。但任何手艺，都有一个长期积累演进的过程，传统也无非是各种小细节小经验的累积，而这些功夫，都下在我们看不到的地方。青年学生以为手工制瓷就那么几道工序，上几天学，请几个师父，很快也能烧出几个像样的作品，难有心思深入传统。他们觉得，传统的工艺，是为现代服务的，我们做的是现代陶艺。

现代陶艺在中国最初的发展阶段，给人的印象也常常是只要做得歪歪扭扭，就是陶艺了，直到现在，很多人也还是这样的认识。

传统固然不能固守，但那是个基础，是整个人类陶瓷工艺、文化和美学的宝库。对我们来说，最高的目标，甚至是成为传统的一部分。很多人以为在利用传统工艺，其实连传统工艺是什么都还没有搞清楚。

熊师父恐怕做梦也不会想到，端端正正学的一门手艺，花了近二十年的功夫，却在短短数年间毁在年轻人的手上。令人一声长叹！

但优秀的传统，不能毁在我们的手上。

世界那么大，
我想去看看

利坯师父小王

少文的父亲早年从都昌到景德镇谋生，后来在红星瓷厂（新中国成立以来景德镇最辉煌的十大国营瓷厂之一）管后勤。家族里，他父亲威望很高。老家的亲戚来景德镇谋生，都去找他。

1999年，乡下家族里两个晚辈，王真和小毛，来景德镇当学徒。少文父亲就让他们跟少文。那时少文的作坊刚上轨道，一来需要人手，二来又是家里亲戚，马上就收下了。古时候，一门手艺，总是被某个地域的人垄断，大抵如此，直到如今，这样的传统也没有完全被打破，我们常常听到某个似乎不起眼的行当，几被某个小地方的人垄断经营，晾晒出来，往往都是惊人的数字。

说起来，两个人比起少文要小不少，却都是同辈。但作坊里少文既是师父又是老板，从此，就算跟了他。王真精瘦，机灵，少文安排他学利坯。利坯是精细的手艺活儿，手要巧，人还要聪明有悟性。小毛老实本分，做事踏实，跟着少文做打杂。打杂虽然听起来上不了台面，事多而杂，做得好不但是门手艺，还兼涉管理，小看不得。少文说，虽然他是作坊主，打杂也是他的主业。

两人来的时候年纪还小，网络也不发达，外面的诱惑还没有对刚刚从村镇走进小城市的年轻人发生作用。或者说，到了"铁岭"这样的大城市，一时还来不及消化。于是在作坊里学手艺都还沉得下心，下得了功夫，吃得了苦。几年下来，手艺大进。

一干就是十年。

2009年发生了很多的事，是我和少文人生的重大转折，但在当时，那是他人生中最艰苦的时刻（见《胖子的成长记》）。而

大刀粗定形，细节的部分就要换小刀。

那一年，王真和小毛的突然出走更是让他措手不及。

那时他俩已经二十出头，从来没有出过远门。手艺活儿做起来枯燥，日复一日，似乎也看不到什么未来。而大城市的诱惑变得越来越近，越来越触手可及。恰好，原来家里的年轻人又有去上海打工的，私下里一鼓动，立即就坐不住了。

两兄弟合计了一下，拿到上一月工资，就立即动身去了上海。招呼也没打。

那天少文看他们没来上班觉得奇怪，打电话也联系不上，连续几天如此，有些急了。多方联系，最后才知道，世界那么大，他们去看看。

去到上海，重新学手艺，电工、电焊工，反正跟着干，年

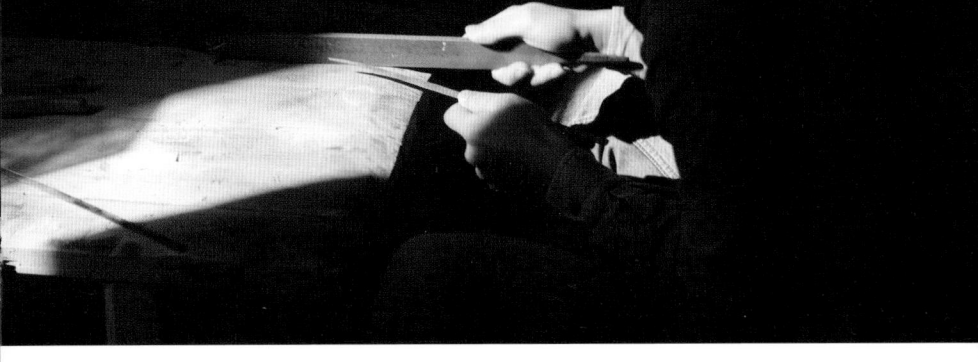

磨刀不误利坯工。

轻，也不怕吃苦。可是理想丰满，现实骨感。干一份工，最初的新鲜很快过去，而大城市的生活对于个人，仍是有限的空间。事实上，比起陶瓷的手艺，现代工业里的手艺显然更要无趣，而且，更为要命的是，收入并不能比做瓷器多多少。

2009年刚好是手工陶瓷茶具兴起的第一波浪潮，那两年，手工茶具各个环节的工价飞涨。少数高水平的画师，甚至从几千元一个月的工资一路狂飙至数万元一月。拉坯利坯师父的工资也有大幅的提升。像王真他们这样年轻而又老练的匠人，正是大展身手的好时机。

外面的世界精彩又无奈。看过，经历过，懂了。于是在上海闯荡了两年之后，他们又回来了。

利坯是精细的手艺活儿，手要巧，人还要聪明有悟性。

这时的景德镇，对一个匠人而言，诱惑又更多。

传统的手工制瓷工艺体系，极为完整地传承至今，很多方面，随着工具和技术的发展，还有了长足的进步。特别是烧窑，古时候烧柴窑，烧窑本身不但要有巨大的资金投入，烧窑的技术难度也是所有制瓷环节中最高的。基本上，自家的窑烧自家的产品，而产品的配合又必须有一个完整的制瓷班底。因而古代的一个作坊，体量都不小。

但现在使用气窑，烧窑反倒变得没有特别的难度。这时候，作坊的形态就越来越多，甚至有的作坊只烧窑，根本就不做产品。反过来，有的作坊也可以只做产品，不用管烧窑。做的产品也可以是极小的一类。因为整体配套水平的提高，有时候，一两个人，就可以成立一个作坊。做个作坊，自己就是老板。

王真回来，干上一段时间，就拉上另一个师父，开起了自己的作坊，做起了老板。可老板自有老板的难处，老板也自有老板的手艺。这门手艺，不是任谁都能学，都能学得会，更难的是，这门手艺，根本就没有人教。

折腾了几年，耽误了手艺上的精进。人生的经历倒是丰富了很多。经历，有时候是更大的财富。

于是，又回到原点，安心做个手艺人。看过，闯过，再回到手艺上，看山又是山，心境自是大不相同了。而他还年轻，还有很长的路要走。

胖子的成长记

致少文以及我们的成长

少文胖，个子不高，以前熟不熟的，都叫他胖子，天下的胖子都差不多，很容易就被人叫成胖子。

胖子1995年大专毕业去深圳的一家服装厂打工，从基层做起。因为学的是服装设计，人也勤快聪明，很快就升了组长。干了一年，遇到老板拖欠基层员工的工资，虽然他没少拿一分，但为工友打抱不平，居然牵头去劳动局上访，真就为工友们讨回了工钱。

当然，他也丢了工作。别的地方也不敢要他。

无奈之下，回到景德镇老家。合计合计，与三嫂开了家小餐馆。说是餐馆，其实主要就是卖早点小吃，稀饭冷粉，一点小菜。本来这样的小店混口饭吃并不难，可是他偏不安分。要把小店弄出点"格调"，搞出点"雅致"。他的想法也很有道理：我把店面弄得干净漂亮，格调高一点，颜值高一点，价格却不高一点，生意能不好吗？

能。

本来吃早点的就是老居民，还是在十几年前，大家看到这么高大上的早餐店，直接就不敢进了！商业就是这样，不管你描画得多么美好，市场才是试金石。

那时的景德镇，十大瓷厂解体，民生凋敝，老厂员工有手艺的转入民间小作坊，没手艺的就出去跑展会，就是我们熟悉的在各大城市街头摆摊卖瓷。景德镇人指责摆摊把景德镇的名声搞坏了，外地人对景德镇的印象也被摆摊搞坏了。可是，又是谁把摆摊人的生活搞坏了？摆摊，不过是他们被逼出来的一条生路。

制瓷一业，彻底沦为下九流，本地人，不到万不得已，不会从事陶瓷行业。

这时的胖子，万不得已。

想要学做瓷，算不上难事。谁家没有几门世代传承的手艺，没有几个高手匠人？特别是胖子家是都昌人。明清以来，核心技术，全为都昌人垄断，形成最大的行业帮会：都昌帮，只有做商业的徽帮庶几能与之抗衡。而所有其他的小行帮凑在一起聚成杂帮，才勉强算是三足鼎立。

所以，胖子在1999年左右，开始"沦入"传统制瓷行业，开起了一家小作坊。虽说有家族的传承要做这个行业不难，可真正要学手艺，要学好手艺，实非易事。

自古手艺人，必定有很强的防范心，就好比在《葵花宝典》面前，武林中人往往连性命都可以不要。所以平日里兄弟间在生活上虽互帮互助，手艺上，就免不了要留上几手。特别少文是家里老幺，此时也已成家，兄弟姐妹，都已有儿有女，各自都已是小家庭。想要学手艺，就更难了。

但总归天道酬勤，加上人又聪明，时时刻刻，眼睛睁着，耳朵竖着，那里学一点，这里悟一点，几年下来，日益精进。日子也还安稳。

不过天生不是安分守己的人，免不了就会行出不安分守己的事。一日他走在衔上，见几个流氓欺负外地民工，竟生出侠义之心，出手打抱不平。无奈双拳难敌四手，自己又只学过美术何尝学过武术，最后身中数刀被送进了医院，险些丢了性命。英雄事迹见于报端，留下的却只是几道疤痕。其中一道，横在眉间。时至今日，动起怒来，眉头一皱，疤上便要露出凶光。而我，便会生出几份敬意。

后来我们也常常聊起，问他当时哪来的勇气。唉，他说跟老婆吵架，本来就憋了一肚子火。大家哈哈一笑，笑过之后，又会多一分敬意。

休养些时日，日子还要过。

到2005年左右，一家人的日子算是有些起色。那时候他主要的产品都是小件的器物，小杯子小盘小碗，斗彩与青花。成化的斗彩鸡缸杯，康熙的十二花神杯，都是拿手的样式。十二花神杯是康熙时期的名作，一套十二只，每只正面画花，背面题诗，胎极薄，乖巧可爱，杯形与铃铛近似，而更刚挺。清代晚期已经很难配成套了，现在更是国宝重器。印象中南京博物院有一套完整的。

那些年，他不但仿制了很多标准的十二花神杯，还嫌不够，自己又延伸出了十二花神斗笠杯，十二花神马蹄杯，十二花神铃铛杯。真是把十二花神杯玩儿出花来。国宝帮们免不了会把这样的当成国宝，收他几套。时至今日，我们偶尔逛外地的古玩市场，常常一打眼，还能发现一只他当年的"杰作"，相视一笑。

现在看来，这算是种创新的基因吧。传统不过是过去的当

长物居二当家王少文

代,再一代一代沉淀下来。固守传统没有当代的创新与发展,传统就真是死了的传统。所以传统要活下去,要活得更好,就不能守着不变。我们现在做的,就是要用传统的工艺,传统的美学,传统的精神,做我们的当下,最后或许我们也能成为传统。

就算在当时,这样的创新其实也收获了不小的成绩,同行之间,他的生意很是不错。

可是好景不长。那时候,茶道开始兴起。一个最直接的后果,是市场上开始出现大量工业化生产的陶瓷茶具。他做的虽然是仿古器,但形制上仍以杯碗的实用器形居多。一些商家嗅觉敏锐,便往茶具上转,把这些仿古品,也当茶具来卖。可是市场兴起的初期,很少有人追求高端的手工制作,手工制作成本高,完全不敌工业化产品,生意又难做起来。买家不断地压价,需求量又不旺盛,想要转产其他又有不小的难度。虽说都是做瓷器,同样是青花,做小件的杯碗,和做大件的瓶尊,简直就是两个行业,每一个小的门类,不是摸爬滚打多少年,就很难有精彩的表现。于是只好一面更勤快一点,一面暗暗地降低些工艺的要求来压缩成本。

煎熬了几年,常常生出放弃转行的念头,不过一方面舍不得就这样丢掉积累多年的手艺,一方面真是喜欢。

屋漏偏逢连夜雨。

2008他老婆的哥哥做生意,向银行贷款,要胖子担保,胖子无奈应下。不曾想,数月工夫,钱败光,人也跑了,留下他两口子独自向银行交待。近十万元的债务，要在一年内还清。这对他们而言，无疑是一笔巨款。

怎么办？除了拼了命多干一点，没有别的办法！可就算多干，也是问题。多干意味着整个作坊都要增加产量，如果做多了卖不掉，师父们的工资却要照开，资金链瞬间就要断。还不能让他们知道自己的紧张，怕心一散，随时有人要走，问题就更大。

快到月底压力最大，一方面要还银行的钱，一方面又要给师父们开工资。自己的开销还能压到最低，这两座山却压得，喘不过气来。

紧紧张张，拼死拼活，干到年底总算把银行的欠款还完。把年底师父们的工资开掉，扒拉扒拉夫妻俩口袋里的所有零钱，点点数，一共只有两百六十块。

不管怎么说，债也清了，可以长出口气。明年又是新的一年。

年总要过。不好意思拿着一堆零钱去买年货，找边上的小店换成了整钱。

两百六十块总还能买上点年货，挑便宜的，有点样子就行。边选边算计着价格，不然结账时超了不好意思。总算挑好，高高兴兴准备结账，一掏口袋，钱没了！

一瞬间，人就崩溃了，眼泪再也没有止住。

这件事，到2010年公司成立之后，他才告诉我。

我最早见到胖子，大约是在2007年。我和太太第一次一起到景德镇淘瓷器。买的第一件瓷器，就是他的，几个茶杯。还有一

烧窑之前，还要做一些细节的检查。

只烧得有问题的小碗，喜欢，他就送给了我们。后来穰穰出生，这个碗就一直在给他用。

不过那时只是简单地聊上几句，他说传统行业难做，我说一定要坚持，传统太好了。我们谁也不会想到，这样一次偶遇，后来竟会成为我们各自人生的重大转折。

2008年我开了长物居的网店，只是想把一些不想要的瓷器卖掉，换点钱还能买新的。可是那时候还在海关，上班忙，没心思打理，一个月难得卖一两件东西。2008年底单位买了台单反相机，刚好我管设备，时不时拿回家拍拍瓷器。效果显著提升，一下子有了兴趣。功夫一下，马上就有了成效。有了效果兴趣就更大，功夫下得就更多。网店蒸蒸日上。

刚好武夷山孙宇兄淘宝上的岩茶店武夷溪月干得风生水起，一边也想配套做些瓷器茶具，于是提议一起来做个品牌。我们一拍即合。我便到景德镇找人代工。

找来找去看中一家，看着产品眼熟，看店的是位老太太。聊上几句，老太太说你等等，我叫我儿子来。不多久，他儿子赶来，一看，是胖子。想起来了。

那时候，我每个月至少要跑一趟景德镇。每次来，少文都要陪我。其实我根本算不上他的大客户。可他就是会陪我，常常从我到景德镇，陪到我离开。时不时还露两手，亲自下厨做几道好菜。作坊里的师父说，跟他这么多年，都不知道

每一个细节都要抠，要不，看不到气质。

他会做菜。后来公司成立,他越来越有时间发挥他做菜的天分,居然创烧出诸多的私房菜品,令所有来过的朋友惊叹不已,那是后话。

每次来,我都会带着很多读陶瓷史类书籍时遇到的问题。其实一门手艺,不向匠人求教,不亲身践行,很难搞透。这也正是王世襄先生的治学方法和过人之处。而对胖子来说,光有手艺,却难有文化上的见识。所以每次在一起,我们总有说不尽的话题,相互请教。

后来他还告诉我,陪我逛市场,另有一个重要的原因,就是平时他不好意思去逛,因为是同行,都有戒心。他又一直很想多看看。陪我去,理直,气壮。

2009年底,我开始酝酿辞职。等下定决心,便跟少文提出,我们一起成立一家公司,你跟我一起干吧。

2010年5月我正式辞职,随后,我们走在了一起。

于是,胖子开始了他王总的生涯。

说起来,后面的故事没有那么惊心动魄,却更为扑朔迷离。因为故事,原本是许多人的观察、推测与想象。

公司成立之后,原来的作坊改成了办公的场所,以前在仿古市场的门面,也让了出去。同行们传说:胖子不知道怎么回事,干不下去了,以前挺好啊,谁知道呢。

过了些日子,有人在街上遇见胖子,开了辆小熊猫。两轮的电动车,换成四轮的汽车,鸟枪换炮,在当时,还是件新鲜事。

于是似乎真相大白，胖子跟了个有钱的老板。

关于我们的传闻，就是从那时候开始的。有些偶尔也传到耳中，听起来似乎不是在说我们。

对我来说，爱好变成了职业，职业变成了事业，事业当然要有方向。方向往哪里？

一开始，仅止于喜爱，觉得传统陶瓷工艺这么好，器物这么美，为什么大家都不知道？而我相信，一切的美好必然会发扬光大。随着对行业的深入了解，思考不再限于爱好。我们开始思考，如何让传统在我们这一代人手中复活。严格地说，其实它从来都没有死，只是人们不知道了，我们怎么让更多的人了解并喜爱？如果要说得辉煌壮丽一些，那就是：推动景德镇瓷艺的复兴。

表面上，清代中晚期以后，景德镇陶瓷就走向没落，并迅速退出了世界的舞台，似乎从那时起，中国陶瓷从世界陶瓷的市场上败下阵来。但事实并不是我们看到的那么简单——欧洲陶瓷的兴起，在世界市场上打败了中国陶瓷。

实际的情况却是，中国陶瓷的品质，即使在伴随着工业革命成长的欧洲陶瓷兴起很长一段时间之后，仍不落下风。事实上，景德镇陶瓷的工艺流程已经完全是现代工业化生产流水线的模式，即使到今天，全世界的陶瓷生产流程仍然是建立在这一基础之上。

而中国陶瓷在彼时退出世界舞台最重要原因，是欧洲文化的兴起与中国文化没落的强烈反差。中国在欧洲的印象，古老、神秘、文明、辉煌的光环忽然消失不见，取而代之的是野蛮愚昧顽固的印象。于是，中国风不再受到追捧，中国元素不再流行。而恰好在此时，欧洲人又终于能够生产自己的陶瓷。

景德镇陶瓷即使在中国灾难最深重的时期，陶瓷工艺的血脉也从未中断，清三代以来中国陶瓷最辉煌的工艺体系不但完整地传承下来，并且，在很多方面仍有长足的进步。只是工业文明的光芒将这一切暂时掩盖。

这，当然是景德镇瓷艺复兴的基础。

所以，推动景德镇瓷艺的复兴，是我们这一代人的使命，也是我们的机遇。

这些年，我们一步一步往前走。除了产品的开发，还举办展览以及公益讲座。包括现在呈现在大家面前的《制瓷笔记》以及计划出版的若干陶瓷书籍。

我们没有一丝一毫的怀疑，将会做出我们的贡献，在这段历史中，留下我们的痕迹，即使被湮没，也会变成化石，在许多年以后，又被人们发现，供人们玩味。

而少文，再不是过去的胖子，甚至最近他的减肥也极见成效，要把他和胖联系在一起都很困难。我不知道他的胖还会不会反弹，又或者会更瘦。我只知道，我们还会继续成长。